O PASTOR

Raimundo Araújo

O PASTOR

I

O Pastor Cândido havia acabado de chegar de viagem. Antes mesmo de passar na casa de seus pais, foi encontrar-se com Frederico. A sólida amizade que os unia havia começado com o namoro de Frederico com Carolina, a irmã do Pastor. A afinidade entre dois nasceu com o tempo e se consolidou através das infindáveis discussões que mantinham, quando então um tentava cooptar o outro para sua forma de ver a vida.

O Pastor amava Frederico. Achava-o tranquilo, inteligente e preocupado com o destino do ser humano. Deste modo, queria conquistá-lo para o reino de Deus. Embora a missão do Pastor fosse a de conquistar vidas para o Senhor, a vida do cunhado parecia-lhe mais preciosa, pois ele considerava Frederico uma pessoa boa, de bons princípios e que estava sempre com os livros na mão.

Frederico amava o Pastor. Achava-o sincero e cândido. Queria conquistá-lo para seu grupo de homens de pensamento livre.

Quando se encontravam, entregavam-se às discussões. Nessas ocasiões, cada qual procurava sentir se o amigo havia amolecido. Quando percebiam que continuavam firmes em suas convicções, sentiam certo desânimo, contudo logo se empenhavam a mostrar suas novas experiências.

O Pastor jamais se deixou seduzir pelas ideias de Frederico, contudo, algumas vezes, achava-as bonitas e sedutoras. Frederico muitas vezes vacilava. Nessas ocasiões, ouvia-o com atenção, almejando acreditar nas palavras do jovem Pastor.

A pele do Pastor estava sendo consumida por um câncer. Cada vez que se encontravam, Frederico admirava-se do estrago que a doença estava fazendo com a aparência do amigo. O santo homem vasculhava diariamente o corpo, na busca das manchas pretas. Quando as encontrava, cobri-as com pasta de dentes e depois buscava o médico para extraí-las. As extrações deixavam pequenas cicatrizes de coloração mais branca do que a própria pele.

Enquanto conversavam, Frederico olhava discretamente para a última cicatriz que havia aparecido na face do querido amigo. Do lado direito, logo abaixo do olho, via-se a pele levemente repuxada e embranquecida. Essas cicatrizes tornavam mais cândida a figura do Pastor. Quando ele pregava, os fiéis viam nas cicatrizes o sinal de que ele era um homem abençoado.

- Pastor, como vai a Igreja?

- Essa crise tem empurrado o homem pra Igreja... - o Pastor pressentiu o fino sorriso que havia escorregado do canto esquerdo da boca de Frederico e se deu conta de que havia dito uma tolice. Quis retroceder, contudo já era tarde.

- A religião, assim como as rosas, necessita da sujeira para florescer.

- Tolice, Frederico! Basta que o homem melhore um pouco para que se esqueça da Igreja. Daqueles aleijados que foram curados pelo Cristo, apenas um voltou para lhe agradecer.

- A Igreja cresce na fé ou apenas se multiplica?

- Tanto cresce na fé como no número de fieis, porém muitos nos abandonarão mais tarde. Alguns não encontrarão na Igreja o sal da vida. Tenho trabalhado na periferia. Ali acontecem coisas que você certamente dirá que são frutos da miséria em que vivem.

- Como assim?

- Satanás está solto no mundo. Os ricos e os homens cultos como você convivem pacificamente com ele. Não chegam nem mesmo a se incomodarem. Com o pobre, a situação é diferente. Não tendo nada na vida, luta desesperadamente pra se livrar dele.

- O amigo está errado.

- E você, já chegou a alguma conclusão?

- Ainda pelejo com o Pessimismo e com a Vontade de Potência.

- Sinto-me derrotado. Sempre achei que essas histórias, embora interessantes, não seriam capazes de seduzirem por muito tempo uma mente privilegiada. Gostaria de falar um pouco desses assuntos, pois é com você que fico sabendo como pensaram esses homens que, embora inteligentes, não acreditaram na existência de Deus.

O Pastor reconhecia que pouco tinha avançado na ideia de cooptá-lo, porém sentia-se tranquilo, pois sabia o que se passava no coração de Frederico. Mesmo assim continuava pelejando, pois desejava que fossem amigos também no reino eterno. Se Frederico não manifestasse publicamente ter Deus como salvador, estaria definitivamente impossibilitado de participar da glória do reino de Deus e não se encontrariam na vida eterna.

- Pastor, o homem comum, tem pouco interesse pela existência. Sente tédio quando pensa na existência e se satisfaz com o existir. *"A existência parece-lhe enigmática: tudo que existe, e tal como existe, parece-lhe compreensível por si mesmo"*. Porém o homem especial, o raro, não consegue ficar sem pensar nessas coisas. Embora tenha a percepção de que jamais esgotará essa curiosidade, ver-se sempre tentado a pensar na existência, na dor e no sofrimento.

- Isso é filosofia?

- Sim, Pastor! Pensar na vida e nas dores deste mundo é filosofar. Procurar entender o sentido da morte, do sofrimento e da miséria que nos assola é filosofar, Pastor. *"Se nossa existência encontrasse limite nas dores, é possível que ninguém pensasse em perguntar por que o mundo existe e por que existe tal como é; tudo isso se compreenderia por si"*.

- A Religião se preocupa com as dores do mundo.

- Porém a Religião não necessita do pensar, Pastor. Não exige reflexão nem mesmo instrução. Contenta-se com as alegorias e não precisa ir a fundo no entendimento do fenômeno. A fé a satisfaz plenamente. *"Seus argumentos consistem em ameaças de penas eternas, ou mesmo temporais, dirigidas contra os incrédulos."*

- Amigo, a razão de tudo está no Cristo.

- Na Filosofia, Pastor, há de se ter sempre desconfiança. Se quisermos encontrar as razões do sofrimento neste mundo, é aqui neste mundo que temos de buscá-las. O bem e o mal fazem parte do mundo e não há como apartá-los, deixando o mal aqui na terra e o bem lá no Céu. Da mesma forma, não há como dividir o ser humano em bons e maus; nos eleitos e nos rejeitados. Por que, amigo, criar outro mundo para abrigar, depois da morte, os eleitos, se aqui vivemos todos juntos e sujeitos às mesmas dores?

- É necessário premiar o bem e punir o mal. Se assim não for, o mal prevalecerá sobre o bem, pois o homem é pecador quando nasce.

- O mal terá que ser punido, contudo aqui mesmo na terra e pelas nossas leis. Não necessitamos de um juiz fora da vida! O problema é nosso e não há como delegar essa responsabilidade para um Ser supremo.

- Só no tribunal divino seremos julgados com isenção.

- Qual a razão de um julgamento após a morte, Pastor? De que servirá essa isenção se já não haverá mais vida? E mesmo, Pastor, se nos despojarmos do medo e do preconceito iremos reconhecer que a parte mais palpitante da vida encontra-se nessas contradições. É o querer mais que nos impulsiona e é o não se encontrar satisfeito que nos leva a buscar sempre. É desta força interna que a vida se alimenta. Olhando-se em volta, percebe-se em tudo a vontade de querer ser. É a Vontade de Potência, amigo!

- Não chegaremos a bom termo com a discussão, Frederico. Tenho a impressão de que você quer justificar o domínio da força com essa vontade de potência.

- Não pretendo justificar a sede de poder que domina algumas pessoas, porém olhando a natureza, principalmente os homens, tenho concluído que todos aqui estão cheios de vontade de poder. Que mundo é este? Por que dentro de nós bate forte esse desejo de ser o melhor ou de querer ser o primeiro?

- É a carne que nos conduz ao pecado. Conheço essa força interior que nos leva a disputar os primeiros lugares e sei que é um dos nossos pecados.

- O amigo não está me entendendo. O que você chama pecado é a força que nos conduz nesta vida.

- Assim você justifica o poder da força.

O Pastor mostrava-se preocupado com os novos pensamentos do amigo, embora confiasse no seu discernimento. Ele sabia que Frederico não iria pra praças pregar suas ideias absurdas, porém essas ideias pareciam-lhe demasiadamente estranhas. Embora ele quisesse saber um pouco mais, achou melhor deixar as perguntas para depois.

II

O Pastor tinha sido criado ouvindo as pessoas fazerem profissão de fé. Sempre que ouvia alguém dizer que um dia havia sido tocado por Deus e que a partir desse dia se entregara ao Criador, ele, Cândido, esperava ansiosamente que um dia viesse a passar pela experiência.

Quando criança, esforçara-se para levar uma vida perto de Deus. De saúde frágil, adoeceu e passou vários dias entre a vida e a morte. Muito debilitado, quando a família já não tinha nenhuma esperança, ele dirigiu-se a Deus: *"Senhor, aqui está teu servo. Entrego em tuas mãos a minha vida. Se for pra me juntar a ti, estou pronto: leve-me agora, contudo se este não é o teu desejo, diga-me o que devo fazer."*

A resposta não veio logo em seguida. Cândido sentiu-se acabrunhado, contudo daí a pouco entrou uma vizinha no quarto e entregou-lhe umas frutas. Olhando dentro dos olhos dele, a mulher falou: *"Você colherá muitos frutos para Deus!"* A criança quis duvidar da mulher e perguntou: *"Você está dizendo isso por conta própria ou é uma mensageira de nosso Pai?"* A mulher olhou-o severamente, pegou as frutas de volta e retrucou: *"Se duvidas, não és digno destas frutas!"* Cândido entregou-se ao pranto e pediu perdão. Passados alguns segundos, restabeleceu-se o diálogo: *"Sou tão frágil! Será que serei a vida toda um descarnado para que, através da piedade, o pecador chegue a nosso Deus?"* A mulher pegou as mãos dele e as apertou com força. De imediato ele sentiu que a luz tomava conta dele. Com carinho, ela respondeu: *"Cândido, você será como João Batista no deserto: um caniço. Porém a sua fé lhe sustentará. Muitas vezes esse caniço vergará até o chão, mas não quebrará. Você será Pastor!"*

No Seminário, o jovem Cândido encontrou seu lugar natural. Era como se tudo ali tivesse sido feito pra ele. Olhando os colegas, ele reconhecia que estava no meio de jovens que também haviam sido escolhidos e que seriam preparados para conquistarem vidas para o Senhor.

Entregou-se aos estudos com afinco, contudo sentia as limitações da sua saúde. Às vezes, ele experimentava uma grande fraqueza que parecia querer levá-lo ao desmaio. Nessas horas, entregava-se às orações, pois tinha receios de não concluir o curso.

Cândido não foi brilhante nas matérias, até porque a saúde não o ajudava, contudo tinha facilidade para entender a Palavra. Aos poucos foi-se destacando neste particular. Quando havia dissensão, a sua forma de interpretar as Escrituras prevalecia. Impressionava também pela sua forma cândida de expor. Era como se falasse diretamente ao coração das pessoas.

III

Faltando um mês para ser ordenado, o seminarista Cândido entregou-se às orações. Pedia a Deus que o encaminhasse para determinada Igreja do interior do Espírito Santo. No ano anterior, ele havia passado uma semana na pequena cidade, concluindo que seria um bom lugar para exercer seu pastorado em razão de sua frágil saúde. O Pastor da cidade se aposentaria dois ou três anos depois e até lá ele teria tempo de conhecer as ovelhas. Na correspondência que vinha mantendo com o Pastor, deixava subentendido que gostaria de sucedê-lo. Ansiava que o velho homem o convidasse.

Certa manhã, quando estava encerrando cinco de dias de jejum, foi chamado pelo Pastor José para recepcionar um grupo de jovens da Igreja de Cabo Frio que tinha ido ao Seminário convidar um pastor, recém formado, para dirigir os jovens da Igreja. Eram cinco jovens, três moças e dois rapazes, liderados pelo pastor da Igreja. Antes de mandar chamá-lo, o Pastor José teve a seguinte conversa com a comitiva.

- Irmãos, acho que estão equivocados em quererem uma pessoa bonita para liderar os jovens da Igreja de vocês. Os argumentos de que a cidade recebe muitos jovens para passar as férias e que seja necessário muita saúde e beleza para atraí-los para a Igreja me parecem tolos. - Os jovens ficaram atônitos com o que tinham acabado de ouvir. Esperaram que o Pastor Josué explicasse melhor porque buscavam um jovem cheio de saúde e de boa aparência.

- Pastor José, o senhor não conhece a vida de uma cidade veraneia. Nas férias, recebemos muita gente que busca a praia pra se divertir. São jovens que querem se divertir e que não encontram tempo pra Igreja. É necessário ir buscá-los na praia, nos bares e até mesmo na madrugada. O jovem de hoje cultua muito o corpo. Passam as férias de roupas de banho e estão sempre bebendo. Às vezes, temos que ceder e usar de suas armas pra atraí-los para a Igreja.

- Pastor José -, interveio Júlia, a mais velha do grupo - muitos crentes vão passar as férias em Cabo Frio. A cidade fica colorida e cheia de alegria. Os jovens deixam-se envolver pelo clima da cidade e não encontram tempo pra Igreja. É necessário, como disse o Pastor Josué, ir buscá-los. São jovens bonitos, cheios de vida, dispostos a aproveitarem a temporada. É preciso ter saúde, pois muitas vezes temos que passar a manhã na praia para descobri-los, fazer amizade e convidá-los pra a Igreja.

Depois de uma hora de conversa, sem que se entendessem, Pastor José resolveu chamar o seminarista Cândido, antes, contudo, expressou essas palavras:

- Tenho aqui no Seminário o que vocês necessitam, porém não é o que estão querendo. Acho que é com o espírito que devem agir sobre os jovens, não com a carne. - Quando terminou de proferir essas palavras, o seminarista Cândido tinha acabado de chegar e havia-se colocado na soleira da porta, esperando que fosse convidado a entrar. O grupo ficou estupefato. Via diante de si um caniço.

Cândido estava bastante magro e pálido. Nos últimos cinco dias passara a pão e água. Quando acordava, depois da higiene, comia um quarto de um pão seco e tomava um copo d'água. Quando ia dormir, comia mais um quarto de pão e tomava outro copo d'água.

- Irmão Cândido, este é o Pastor Josué, da Igreja de Cabo Frio. Os jovens são os líderes da Igreja. Estão aqui pra convidar um pastor para dirigir a mocidade da Igreja. Nossas ideias estão desencontradas. Chamei-o pra nos ajudar. Qual a sua opinião quanto ao perfil da pessoa que eles precisam?

Depois de cumprimentá-los, Cândido sentou-se ao lado do Pastor José, ficando de frente para o grupo. O Pastor Josué e os jovens o examinaram com atenção. Certamente quando Lázaro foi retirado do sepulcro estava apenas um pouco pior que o seminarista Cândido.

Na pele branca do rosto e na suave calva, via-se algumas pequenas manchas pretas. Do rosto cadavérico sobressaíam os dentes alvos, parcialmente encobertos pelos lábios curtos. O corpo era esguio. No conjunto, o jovem Pastor apresentava um semblante suave, causando boa impressão. A irmã Júlia olhou-o atentamente, concluindo que estava diante de um homem abençoado.

- Pastor José, como poderei ajudá-los se não sei exatamente o que querem? Se procuram um jovem Pastor, encontram-se no lugar apropriado, estamos ansiosos pra sermos adotado por uma Igreja. Apenas para justificar o meu estado -, nessa hora ele olhou pra Júlia que continuava olhando atentamente pra ele - estou saindo de um jejum de cinco dias, quando então tive a oportunidade de pedir ao nosso bondoso Pai que me mande para uma Igreja do Espírito Santos, onde passei as férias. A pequena cidade será mais apropriada à minha saúde.

- Pastor Cândido, os jovens da Igreja de Cabo Frio estão procurando um pastor encantador pra seduzir as ovelhas que buscam as praias pra passarem as férias. - O Pastor José falou essas palavras com tanto humor que os jovens acharam graça, mostrando-se envergonhados com o rumo da conversa. – Eu entendo, caro irmão, que seja mais apropriado um homem de fé. Qual a sua opinião?

- Ainda é pouco pra que eu me manifeste, contudo os jovens devem saber o que querem. Certamente encontrarão aqui a pessoa apropriada, principalmente se pedirem a ajuda de nosso Pai. - Júlia continuava olhando atentamente pra ele. Quando Cândido proferiu essas palavras, ela sentiu que estava diante de um homem consagrado. O jovem seminarista olhou para o grupo e estimulou que tomassem a palavra.

- Pastor Cândido, nossa cidade é bem diferente dessa pequena cidade a que se referiu. Fora da temporada, tudo se passa normalmente. Aliás, normalmente pra nossa cidade, pois a influência do verão permanece por vários meses. As novidades levadas pelos turistas influenciam a cidade e só alguns meses depois das férias é que voltamos à vida normal. Talvez pastor José tenha razão, contudo achamos que precisamos de um pastor com bastante energia pra desenvolver diversas atividades a fim de ocupar nossos jovens. Muitos se deixam envolver pelo verão, afastando-se da Igreja na temporada. Além do mais, achamos que podemos trabalhar no verão, tentando atrair mais jovens pra Igreja.

- E o pastor Josué, o que acha? - perguntou Cândido.

- Compartilho com os jovens. Logo que me procuraram, concordei com a ideia deles. Já não consigo acompanhá-los no período da temporada. A cidade vira de cabeça pra baixo e não tenho mais idade pra correr as praias.

Antoniel tinha dezoito anos. Havia nascido dentro da Igreja, como dizem os protestantes. Desde que Cândido havia entrado na sala, o rapaz olhava-o desconfiado. Sentados lado a lado, olhava bem de perto o rosto magro do pastor Cândido. Olhou as mãos cadavéricas e ali também encontrou algumas das pequenas manchas pretas. Ele queria interferir, pois precisava defender o que haviam discutido na Associação dos Jovens, quando então tinham concluído que precisavam de um pastor com boa aparência e que pudesse sair com eles pelas praias, pregando o Evangelho, contudo as palavras não saíam. Cândido exercera sobre ele um misto de atração e repulsa.

- Pastor Cândido -, falou Antoniel fazendo um esforço tremendo - qual a sua opinião?

Cândido olhou para o rapaz por alguns segundos e depois pra Júlia que se mostrava atenciosa. Pastor José continuava rindo. Parecia divertir-se com a situação constrangedora que havia provocado. Olhava para o pastor Josué, percebendo que ele estava preocupado.

- Antes de responder, quero avisá-los que o pastor José é um homem maravilhoso, contudo gosta de nos colocar em situações embaraçosas como esta. Certamente ele concorda com vocês, entretanto aproveita a oportunidade para estimulá-los a pensar um pouco mais na responsabilidade que têm. - Todos olharam para o pastor José que tentou fechar a cara, contudo desmanchou-se em uma gostosa gargalhada. – Embora ele esteja se divertindo, concordo com ele. Na temporada, a cidade deve encher-se de homens fortes, bonitos e saudáveis. Se levarem um pastor com esses atributos, certamente será mais um e não será notado. Aqui no Seminário estão os jovens mais feios que eu já vi. Se estão procurando um jovem para concorrer com os belos rapazes que vão passar o verão em Cabo Frio, certamente ficarão decepcionados.

Havia momentos que Cândido mostrava-se sério, porém logo depois deixava escapulir um sorriso, aliviando a tensão causada pela sua observação. Os jovens mostravam-se embaraçados. Embora tivessem achado graça quando Cândido falou que ali estavam os jovens mais feios, ouviam atentamente o que ele dizia.

- Pastor Cândido - interveio Júlia, tentando dar mais objetividade à conversa -, se nós o convidássemos, acha que daria conta da missão? - Ele mostrou-se carinhoso, porém sua fisionomia foi ficando séria e contemplativa.

- Irmã, sou um servo de Deus. Às vezes esqueço-me disso e entrego-me às orações, ou mesmo ao jejum, tentando interferir no desígnio de nosso Pai, contudo, no fim, sempre prevalece a vontade dele. Acho sinceramente que seria um desastre. Amo os jovens de nossa Igreja, contudo falta-me saúde para acompanhá-los nessas tarefas. Sou como uma dessas varas verdes que balança com a força do vento, vergando às vezes até o chão. Há dias que estou sem ânimo para nada. Eu acabaria me tornando um peso à Igreja. A situação se inverteria: em vez de eu cuidar dos jovens, os jovens é que teriam de cuidar de mim. - Essas últimas palavras foram ditas com um sorriso tão meigo que Júlia saiu na ajuda dele.

- Está exagerando, Pastor! Estaremos sempre juntos pra ajudá-lo.

Antoniel continuava examinando Cândido. Sentia-se curioso pra saber como seria o corpo dele. As mãos ósseas causaram-lhe repulsa, contudo a expressão franca e singela do rosto o seduziu. "Esse homem jamais vestirá uma roupa de banho! Provavelmente não nos acompanhará na praia", pensava o jovem, olhando atentamente a calva precoce de Cândido.

IV

Frederico convidou Cândido para irem para o escritório. Na semana anterior, ele havia selecionado alguns livros para comentá-los com o amigo. Pegou um dos livros de Nietzsche e o entregou ao Pastor.

- Pastor, embora o filósofo tenha sido cruel com o Cristianismo, acho que você deve conhecer o pensamento dele. Ele observou que a filosofia não tratava dos problemas humanos, esquecendo-se de buscar uma resposta às nossas ansiedades e que não discutia nem mesmo porque o ser humano precisa de um deus. É no Cristianismo e no Pessimismo, Pastor, que ainda encontro algo de humano.

- Frederico, sei que é muito difícil para um homem culto acreditar nas Escrituras, mas não é através do saber que se chega ao Céu, amigo. Entra-se no Céu através da fé. E para ter fé não é necessário o saber. O saber muitas vezes confunde o homem.

- Pastor, o Cristianismo é pessimista e enfraquece os instintos humanos.

- Serei paciente nessa nossa conversa, desde que você ouça com a mesma atenção a beleza que tenho pra lhe dizer.

O Pastor havia-se levantado e falava como se estivesse fazendo um sermão. Frederico acompanhava-o atentamente.

- Amigo, estou fazendo um trabalho no mangue, uma região alagada próxima do mar, onde a Prefeitura mandava jogar o lixo da cidade. As famílias aterraram o alagado com lixo e construíram suas casas. O mau cheiro é terrível, mesmo assim há pessoas felizes porque estão em suas casas.

V

Pastor Josué não estava satisfeito com o rumo da conversa. Desde o início tinha percebido que o Pastor José queria influenciá-los na escolha e depois que vira as condições físicas do seminarista havia entendido as razões de tanta ênfase. Certamente queria livrar-se do trabalho de ter sob sua responsabilidade uma pessoa tão frágil. Mesmo assim via-se cativado pela figura solene do jovem e ouvia atentamente suas argumentações, percebendo que se tratava de uma pessoa inspirada na Palavra. Pastor José sugeriu:

- Irmãos, a escolha de um pastor para uma Igreja não é uma decisão só dos homens. Nosso Pai é muito atento a esse assunto. Sugiro que nos reencontremos cinco horas da tarde para nos colocarmos em oração, quando então pediremos a orientação de nosso Pai. - Pastor Josué aproveitou a oportunidade para protelar a decisão, pois estava receoso de que os jovens fizessem a escolha sem discutirem as consequências de ter uma pessoa tão frágil conduzindo a Associação de Jovens.

- Pastor José, realmente temos tentado resolver esse assunto só com a razão. Sinto ser necessário botar mais oração. O Senhor pode nos receber no horário proposto?

- É claro! Acho que alcancei meu objetivo. Quando vocês chegaram, pareceu-me que estavam seguros do que queriam, mas isso não acontece quando se decide um assunto como este. Quando a Igreja vai convidar um Pastor para dirigi-la, mesmo que seja um Pastor Assistente, experimenta muitas dúvidas, devendo entregar-se à oração.

Depois de algum tempo, o grupo saiu para visitar o Seminário. Enquanto os dois pastores seguiam na frente, conversando em voz baixa, Cândido conversava com os jovens. Do seu lado direito ia Júlia que se mostrava preocupada com a fraqueza dele. Do lado esquerdo, Antoniel aproveitava para olhá-lo de perfil.

- A água do mar é muito salgada ou tem apenas o sabor do sal? - Os jovens acharam graça da pergunta. A mais nova do grupo antecipou-se:

- Você nunca foi a uma praia?

- Jamais e este é um sonho que tenho de realizá-lo o mais breve possível, pois daqui a pouco essa pele - nessa hora mostrou as mãos - não suportará o sol.

- Quando nos visitar, faço questão de levá-lo à praia. Evite a temporada, pois quase não se aproveita. - Júlia ainda queria se estender falando da beleza do mar, contudo outro jovem interveio:

- Pastor, voltando ao assunto que nos trouxe aqui, será que fomos pretensiosos em desejar um pastor bonito e saudável para dirigir a Associação de Jovens?

- É natural que busquemos aquilo que achamos melhor, contudo bateram na porta errada. Aqui estão abrigados os homens mais feios que conheço. O que vocês estão fazendo é o mesmo que eu estava fazendo com o meu jejum.

- Como assim? - Interveio o jovem novamente.

- Colocando condições em assuntos que cabem a nosso Pai. Ele sabe da necessidade da Igreja e deve ter um propósito na escolha. - Cândido parou um pouco e os jovens fizeram um semicírculo em volta dele.

- Pastor -, interveio Júlia - como saber se uma escolha foi direcionada por Deus? - Cândido olhou-a nos olhos e com um sorriso meigo, respondeu:

- Júlia, é difícil saber se o que está acontecendo é vontade de Deus ou fruto de nossa vontade. A resposta está na fé. Se tivermos fé, tudo ocorrerá segundo a vontade dele.

- Pastor, voltemos à pergunta de Júlia. Você aceitaria ou não liderar nossos jovens? - Ao fazer a pergunta, Antoniel colocou-se de frente, procurando observar as reações do jovem pastor.

- Sou um servo de Deus! Se dependesse do meu entendimento, eu não estaria aqui no Seminário, pois a minha saúde é muito frágil para exercer o ministério, contudo sinto que uma mão divina tem conduzido minha vida. É natural que eu sinta vontade de ir para um lugar que me pareça mais apropriado, contudo admitir que nosso Pai deixará de cumprir seus desígnios em razão dessa vontade, ou preocupações, é não entender como se passam as coisas no campo da fé. Tenho certeza, meu jovem, que ganharei a minha Igreja, contudo talvez não seja aquela que achei ser a mais apropriada pra mim. Nosso Pai tem um propósito pra minha vida? Que propósito é esse, Antoniel? Não sei! Realmente não sei, mas isso não me preocupa, a não ser nesses momentos de fraqueza.

Cândido continuou falando por mais alguns minutos. Os jovens ouviam-no atentamente. Às vezes ele tirava o lenço do bolso e enxugava o suor que escorria pelo rosto. Júlia já havia percebido que ele estava cansado e tinha notado que a voz estava mais fraca, contudo estava encantada com a fé desse homem frágil que procurava convencê-los de que o assunto que os levara ao Seminário era de fundamental importância ao Senhor e que certamente ele iria interferir na escolha, mandando para a Igreja de Cabo Frio o pastor mais apropriado. Quando o pastor José percebeu que os jovens haviam parado, segurou o braço do pastor Josué, fazendo-o parar de modo que ouvissem o que estava sendo discutido.

- Acho que nos precipitamos em qualificar com tanta ênfase as qualidades do líder dos nossos jovens. Reconheço que ele tem razão. Tratando-se de um assunto tão sério à Igreja, certamente a pessoa já deve estar escolhida e estamos aqui apenas para levá-la. Cinco horas retornaremos para as orações.

O pastor Josué e os jovens resolveram voltar para Cabo Frio sem o pastor que foram buscar no Seminário. Depois das orações, concluíram que deveriam envolver a Igreja, convidando-a o orar. Quando o grupo chegou ao Seminário estava unido em torno da ideia de que o Pastor Assistente deveria ser forte e ter boa apresentação pessoal, contudo voltou dividido. Mesmo os que ainda defendiam a proposta inicial, mostravam-se vacilantes e concordavam que deveriam analisar melhor a situação.

VI

O caniço vergou e tocou ao chão. O pastor Cândido embora tenha afirmado que sua Igreja seria escolhida por Deus e não pela sua vontade, continuava almejando que fosse convidado para a pequena Igreja do interior do Espírito Santo, pois ali estaria protegido da ação nefasta do tempo.

Dias depois da visita dos jovens de Cabo Frio, de tanto pensar e orar pelo seu destino, Cândido teve um desmaio na hora da refeição. Dois dias depois, ainda bastante abalado emocionalmente, teve um novo desmaio, tendo sido encontrado no chão, debaixo de uma frondosa árvore. Os exames constataram tratar-se de arritmia cerebral. A partir desse dia ele passou a tomar remédios que o deixavam sonolento. Mesmo assim, o ânimo do jovem pastor manteve-se intato. Estava sempre alegre, participando ativamente dos assuntos do Seminário. Ele permaneceu no Seminário por alguns meses, aguardando o convite pra dirigir uma Igreja. Durante esse período estreitou seu relacionamento com o pastor José. Certo dia, este o chamou ao gabinete.

- Querido pastor Cândido, tem conseguido convencer os pássaros a converterem-se à nossa Igreja?

- Não é necessário, pastor José. Essas belas criaturas já ganharam o reino do céu pelo nascimento. Prego pra eles apenas para me exercitar. Tenho o pressentimento que estou muito próximo desse dia. - O pastor José deixou escapulir um sorriso discreto e o convidou a se sentarem.

- Não me diga que já sabe que foi convidado pra dirigir uma pequena Igreja?

- Exatamente, Mestre! Fui informado em sonho.

- Então me diga qual foi a Igreja.

- Não sei, contudo já fui convidado. Ontem, tive um sonho a esse respeito. Eu e a irmã Júlia estávamos na beira da praia e a água salgada banhava nossos pés. Ela segurava um guarda-sol, protegendo-me dos raios solares. Com as mãos, eu levava a água à boca para comprovar que era salgada.

- E você acha que foi um sinal?

- Foi um sinal! - Pastor José ficou sério e pegou as mãos magras de Cândido.

- Irmão, você não pode iniciar seu pastorado achando que tem visões. Não é bom para a Igreja, pois estimula a crendice.

- Não se preocupe, pastor José. Fique tranquilo, não esquecerei essas recomendações.

Pastor José amava esse discípulo. Desde que recebera o convite, dois dias atrás, experimentara certa nostalgia por ter de se separar dele. No dia da formatura, convidou-o a permanecer no Seminário, como seu Assistente, contudo o jovem Pastor foi categórico: "Mestre, o convite muito me honra, contudo anseio pelas minhas ovelhas!" Chegado o momento de se separarem, o velho homem sofria.

VII

Frederico nasceu em uma pequena cidade do Maranhão. Quando tinha doze anos, a pequena cidade era um povoado de casas de palhas. Apenas algumas casas eram de alvenaria. Nesse tempo, ele corria pelo mato e se banhava no rio Mearim. Os pais eram pobres, moravam em uma casa coberta de palha e lutavam com os onze filhos. Frederico gostava de se recordar das brincadeiras da infância, porém reconhecia que só havia guardado na memória os momentos de alegria.

Trabalhando e estudando no Rio de Janeiro, nos dias que antecederam ao Movimento Militar de sessenta e quatro, Frederico iniciou uma excursão pela filosofia marxista que o despertou para os problemas sociais. Simpático ao movimento que havia tomado conta do País, manteve infindáveis discussões com os amigos. Depois de instalada a Ditadura, ele passou a se reunir com alguns desses amigos com o objetivo de fazerem frente ao Regime.

Em Brasília, dois anos depois, já na Universidade, filiou-se a uma organização clandestina para enfrentar os Militares que tinham tomado o Poder. No fim dos anos sessenta, a luta havia-se tornado cruel. A cada dia um companheiro era preso ou tinha que deixar a família, os estudos e o trabalho de modo a evitar a prisão.

Nessa ocasião, Frederico namorava a irmã do Pastor Cândido. No início do namoro, ele escondeu que participava da

Organização, contudo, quando assumiu a liderança, revelou pra ela os riscos que estava correndo. A irmã de Cândido quis interromper o namoro, porém ele prometeu que iria afastar-se da Organização, pois não estava disposto a se jogar na clandestinidade. Alguns meses depois dessa conversa, ele foi preso.

VIII

O pastor José continuava segurando o envelope. Havia momentos que o levava aos lábios e depois o estendia na direção do jovem pastor. Cândido olhava-o atentamente, consciente de que com a carta começaria seu pastorado.

- Meu jovem, eis aqui sua Igreja! - Nessa hora o pastor José estendeu a mão para entregar-lhe o envelope.

- Eis a minha Igreja! - Cândido pegou o envelope e ficou olhando sorridente. - Pastor, aqui está o meu rebanho! Hoje é um dia importante pra mim. Aqui está meu rebanho e vou conduzi-lo com bondade e sabedoria, pois sou um crente abençoado.

Pastor José acompanhava atentamente a reação do jovem. Para aumentar o mistério, havia colocado o envelope da Igreja de Cabo Frio dentro de um envelope do Seminário. Pastor Cândido manteve o envelope fechado, olhando-o demoradamente.

- O convite é de sua pequena Igreja do Espírito Santo.

- Diverte-se comigo, irmão! O convite é da Igreja de Cabo Frio.

- Então o sonho estava errado, pois o convite é da Igreja do Espírito Santo.

- O Senhor está se divertindo. O convite é da Igreja de Cabo Frio. - O Pastor Cândido ficou sério, assumiu o ar cândido, abriu o envelope e viu confirmado seu pressentimento.

- Irmão, sua responsabilidade é muito grande. Fiquei arrependido de ter lançado aqueles jovens na dúvida, contudo a certeza com que chegaram aqui me levou a brincar com eles e o resultado foi este. Se aceitar o convite, irá justamente para o lugar que não pretendia, pois em Cabo Frio há muito sol e exigirá bastante energia física. Recuse-o!

- Não, pastor José! - Cândido levantou-se e foi até a janela. Olhando para um pássaro que cantava alegremente, continuou - O querer de um Pastor não é nada quando se trata de uma decisão desta. A pequena Igreja que tanto almejei ficará para o futuro. Quanto à minha saúde, tomarei todos os cuidados. Logo que chegar a Cabo Frio, vou tomar duas providências: provarei a água do mar e depois pedirei a irmã Júlia em casamento.

Pastor José espantou-se com o que havia acabado de ouvir. Levantou-se e foi na direção de Cândido que continuava olhando para o pássaro. Estupefato, colocou a mão no ombro do jovem pastor. Fez pressão para que ele o encarasse.

- Irmão, não se resolve esses assuntos deste modo! Vocês estão mantendo correspondência? - Diante da afirmativa, continuou - Essa moça certamente ficará embaraçada se a resposta for negativa e não haverá como impedir que a Igreja tome conhecimento da recusa. Espere um pouco e depois de alguns meses comece a cortejá-la.

Cândido voltou a sentar-se. Vendo que o velho Pastor estava aflito, procurou tranquilizá-lo com essas palavras:

- Nos amamos, Mestre!

- Pense um pouco na sua saúde. Essa moça precisa saber com quem se casará. Você é um homem frágil e a arritmia lhe imporá maiores limitações. Essa moça precisa saber dessas coisas.

- Farei como o senhor está recomendando, contudo não alterará a situação. Mesmo que se passem muitos meses, ou mesmo anos, no fim nos casaremos.

- Pastor Cândido, sinto-me na obrigação de adverti-lo. Você não pode ir para o mundo considerando-se o escolhido. Na nossa denominação isso não é possível. - Cândido deixou escapulir um sorriso jovial. Tentando acalmar o mestre, sussurrou:

- Não se preocupe, Mestre, jamais cometerei esse pecado. Sou um simples servo de nosso Pai, contudo jamais deixarei de considerar esses avisos. O senhor teve a oportunidade de me avaliar e sabe que não sou propenso ao misticismo. O que há em mim é a convicção de que posso ter uma vida íntima com nosso Pai e que nos momentos de dificuldades posso efetivamente contar com ele. Jamais diria isso para outra pessoa, contudo sinto que sou um filho especial. Júlia será a companheira de minha vida. Ela carregará um peso, sei disso, contudo exultará, pois terá a certeza de que tudo que estiver fazendo por mim, estará fazendo pela causa do Senhor.

  Pastor José sentia-se embaraçado. Gostaria de ser mais enérgico, contudo não conseguia. Ao longo dos últimos anos teve uma convivência íntima com esse rapaz, o que nunca havia acontecido com os demais seminaristas. Com o tempo, aprendera a ver no jovem Pastor uma pessoa ungida pela graça do Senhor. Algumas vezes, da boca do jovem, ouvira interpretações bíblicas que o deixaram maravilhado. Por isso, queria mantê-lo no Seminário. Seria seu Assistente e, mais tarde, Mestre.

IX

Pastor Cândido ficou mais um mês no Seminário. Depois de escrever à Igreja de Cabo Frio, aceitando o convite, entregou-se aos estudos e aos preparativos de um plano de trabalho. Pastor José o ajudava, quando então tentava seduzi-lo para ficar no Seminário.

- Pastor Cândido, você ainda pode desistir. Aqui, as condições são melhores pra sua saúde. O trabalho será mais leve, pois trabalhará com os escolhidos. Preocupo-me muito com sua ida pra essa cidade. Sua pele é frágil e não haverá como evitar o sol. Fique conosco! - Cândido olhou-o gravemente. Com uma voz dura, retrucou:

- Como se atreve a impedir a obra do Senhor? - O velho Pastor arregalou os olhos e depois de alguns segundos, com os olhos cheios de lágrimas, murmurou:

- Tem razão filho, realmente o tinhoso apoderou-se de mim. Essa preocupação não é fruto da vontade de Deus. Perdoe-me! Você deve cumprir o desejo de nosso Pai. Estarei sempre orando pela sua saúde.

Como se não tivesse consciência das palavras duras que havia dirigido ao velho Mestre, continuou:

- Pastor José, gostaria de coração de ficar do seu lado, aqui no Seminário, contudo não quero ser um pastor sem rebanho. Se a saúde não permitir, voltarei conformado, porém tenho que tentar.

Dois dias antes de partir para Cabo Frio, Cândido recebeu uma carta de sua irmã mais nova. Atormentado com as notícias que havia chegado da família, sentou-se debaixo do grande pé de amêndoas e se entregou à leitura da carta. Quanto mais lia, mais ficava sem entender o que tinha acontecido. O Seminário estava deserto. Grande parte dos pastores recém formados já havia seguido para suas Igrejas. Os que ainda não tinham recebido convite, tinham ido passar alguns dias com a família. Nesse horário, cinco horas da tarde, Cândido costumava sentar-se debaixo da árvore e, em voz alta, proferia os sermões que vinha preparando para seu rebanho. Algumas vezes o Pastor José mantivera-se um pouco distante, ouvindo atentamente o sermão. Nesse dia, contudo, o velho Pastor percebeu que havia algo de estranho. Cândido mantinha-se calado, olhando atentamente para a carta. Um pouco envergonhado, pastor José aproximou-se.

- Pregando aos pássaros, irmão?

- Não, irmão José. Veja o que está escrito aqui. - O pastor leu e depois de pensar um pouco, devolveu a carta.

- Que tragédia! Você sabia desse namoro?

- Sabia. Minha irmã estava totalmente apaixonada por esse rapaz e a família sentia-se feliz, embora ele não fosse da Igreja. Falei com ele apenas duas vezes, quando então discorremos sobre religião e filosofia. Achei-o inteligente e cheio de bons propósitos, contudo não sabia que se tratava de um ateu. Devo responder esta carta, porém ainda não sei o que dizer.

- Ele está preso, será que não há engano? Esses militares prendem por qualquer suspeita. Talvez tudo seja um equívoco.

- Não, pastor José. Está tudo claro. Hoje pela manhã telefonei pra casa e minha mãe confirmou que ele está preso. Minha irmã pede que eu compreenda a situação, pois está determinada a continuar o namoro. Não entendo, Pastor! A Igreja tem muitos rapazes e ela foi namorar justamente com um ateu. Não entendo isso!

- Pastor Cândido, sei que é difícil, contudo você deve afastar um pouco a emoção a fim de entender o que está acontecendo. Se ela é ajuizada, certamente tem razão. Nossa missão é ouvir, entender e orientar. Trata-se de uma prisão política. É preciso reconhecer que os militares estão exagerando. Nem todos que estão sendo presos, desejam subverter a ordem.

- Neste caso, acho que estão certos. Esse rapaz é realmente um terrorista.

- Você já sabia?

- Não, mas minha outra irmã relatou-me esta manhã o que estava acontecendo. Ele liderava uma dessas organizações clandestinas. Não é possível, Pastor José, esse rapaz é um ateu e ela pede que eu faça orações e que entenda, pois pretende continuar o namoro. Ele é um ateu! Ele não acredita em Deus!

- Calma, irmão! Nosso Pai mandou seu único filho justamente para salvar os que necessitam da salvação. Ele não veio pra julgar, mas sim pra perdoar. Esse rapaz precisa de ajuda. Sua irmã tem razão, não há como se afastar dele neste momento.

- Trata-se de um subversivo. Uma pessoa que quer subverter a ordem e implantar um regime que persegue as Igrejas. Não posso concordar com ela. Esse rapaz deve pagar pelos seus atos.

- Irmão, aqui no Seminário evitamos fazer comentários políticos para não incentivar o debate. Isso tem seu lado positivo, pois evitamos as discussões políticas, contudo não pense que concordo com o que está acontecendo. Está havendo exageros. Todo dia estudantes e trabalhadores são presos e submetidos à tortura. Não podemos achar que as coisas estejam indo bem, quando se fica sabendo dessas prisões.

- O senhor me surpreende! Jamais se queixou do que está acontecendo. Por que não tratar do assunto aqui dentro?

- Não devemos julgar o mundo. Nossa missão é ajudar, irmão! Quero que entenda que está havendo exageros. É necessário compreender que muitas dessas reações não significam apoio à forma de pensar dessas pessoas. Tenho orado muito, irmão! Embora esses jovens digam que são ateus, fazem-no apenas em razão do momento. Se nosso país estivesse tranquilo, muitos desses jovens estariam nas Universidades, cumprindo com seus deveres. Você vai se deparar com esses casos, Cândido. Aqui no Seminário trabalhamos com os escolhidos, com os que um dia ouviram o chamado e que estão aqui pra servir ao Senhor, mas nas Igrejas você irá tratar com pessoas que pensam de forma diferente. Irá tratar com doutores, professores, prostitutas, ladrões e com todo tipo de gente. É preciso lembrar-se que não fomos chamados pra julgar o mundo. O céu se enche de glória quando conseguimos trazer para a Igreja uma dessas almas perdidas.

    Pastor José só se afastou quando percebeu que Cândido já estava mais calmo e via a situação de outro modo. Fizeram algumas orações e depois se recolheram. O jovem Pastor, embora triste, começou a entender que talvez ali pudesse estar a mão de Deus e que sua irmã poderia ser importante na conversão do rapaz. No seu quarto, entregou-se às orações.

X

Frederico havia retirado mais dois livros da estante, colocando-os sobre a mesa. Pastor Cândido o acompanhava atentamente, pois desconfiava de que nas páginas amareladas dos livros estivessem escritas palavras graves sobre o Cristianismo. Espontaneamente ele jamais buscaria esses livros, contudo quando estava com Frederico, sentia curiosidade em saber o que estava escrito sobre o Cristo. Ele reconhecia que os Pastores liam pouco e que estavam despreparados para manterem uma conversa longa com homens como Frederico, que passavam os dias com os livros na mão.

Embora ele achasse que a Bíblia fosse suficiente pra fornecer uma cultura sólida, conversando com o amigo sentia que esses livros escritos por homens tão inteligentes também encerravam muitas verdades. Quando estava em Brasília, em razão dessas discussões, experimentava o desejo de deixar um pouco de seu tempo para a leitura, contudo, logo que retornava para seu rebanho, quando se via então envolvido pelas ovelhas simples e carentes de qualquer assistência, deixava esses desejos de lado e se envolvia com os problemas e com os sentimentos de suas ovelhas. Nessas horas, até mesmo pra se justificar, dizia: "Um dia qualquer outro Pastor perceberá essa necessidade." Depois que Frederico folheou algumas folhas de um dos livros, não encontrando o que procurava, Cândido disse-lhe:

- É horrível! Como pode ser isso? Como esse homem foi concluir que o Cristianismo corrompe a vida? Conte-me, estou aflito! Por acaso andamos corrompendo o ser humano? Quem não sabe que a Igreja é contra a corrupção?

- Pastor, o Filósofo empregou a palavra corrupção com outro sentido.

- Então, corrupção não é suborno, não é depravação ou mesmo desmoralização?

- Para ele, corrompido é todo animal, toda espécie, todo indivíduo que perde seus instintos; todo aquele que prefere o que lhe é pernicioso. Tudo que enfraquece a Vontade de Potência no indivíduo corrompe a vida e é nesse particular que ele acusa o Cristianismo. "Onde falta a vontade de Potência, há declínio", afirmava ele.

- Mesmo assim não há razão pra acusar a Igreja. De onde ele tirou essas ideias tão absurdas. Quem disse que a Igreja é contra a vida? Quem disse que a Igreja é contra a luta pela vida? Quantos pastores e padres estão espalhados por este mundo ensinando o homem a lutar? O que tenho feito nesses poucos anos de existência a não ser lutar para que essas pobres pessoas tenham uma vida melhor? O que procuramos mostrar é que isso não é o essencial da vida.

O Pastor andava de um lado para outro, buscando exemplos para mostrar ao amigo que o Cristianismo é uma força viva e que luta incessantemente pela vida.

XI

Quando o pastor Cândido chegou a Cabo Frio, foi recebido pelo Pastor Josué e pelos jovens da Igreja. Júlia havia vestido seu melhor vestido: uma peça inteira que ia até um pouco abaixo dos joelhos. Ela trabalhara com afinco para que o pastor Cândido fosse convidado para dirigir os jovens da Igreja. No seu coração já havia decidido que sua vida estava definitivamente ligada a esse homem. Embora procurasse esconder a alegria que sentia no momento, não se cansava de dizer às irmãs que o Pastor era um homem especial. Quando o santo homem desceu do ônibus, ela entregou-lhe um guarda-sol, um chapéu de feltro e uma Bíblia. Tratava-se de um presente dos jovens da Igreja.

Depois de abraçá-lo carinhosamente, fez uma breve oração de boas vindas. Alguns jovens mostraram-se decepcionados, embora tivessem sido preparados para o momento. Outros se sentiam impressionado com a figura cândida do Pastor. Ele vestia um terno azul claro, camisa branca e uma gravata cinza. O terno ficava um pouco apertado e, dentro dele, o Pastor parecia mais magro.

Antoniel manteve-se distante, olhando atentamente. Durante as discussões na Igreja, o jovem mantivera-se no grupo que discordava do convite. Diante de Cândido, sentia que agira certo, colocando-se contra. Atentamente ele olhava para o rosto e para as mãos do Pastor, sentindo repulsa. Desejava retirar-se, pois não queria apertar novamente aquela mão descarnada. Cândido percebeu que o rapaz se esquivava e se lembrou que no Seminário havia tido essa mesma impressão. Dirigiu-se então pra ele.

- Irmão, você não me queria aqui! - Antoniel ficou um pouco pálido, desviou o olhar e evitou estender a mão. Só Júlia percebeu o que estava acontecendo. Apressou-se a puxar o Pastor para o meio do grupo.

- O sol ainda está muito quente, é bom que nos apressemos, pois a Igreja encontra-se reunida, esperando pelo Senhor. - Sussurrando no ouvido dele, concluiu: - Sua escolha não foi unânime, portanto esteja preparado para ser recebido com frieza por alguns irmãos.

Colocando o chapéu na cabeça, Cândido deixou escapar um sorriso triste. A cidade estava cheia de turistas, pois estavam em pleno verão. Ali na Rodoviária via-se alguns jovens com latas de cerveja na mão, trajando roupas de banho. Essas cenas não escapavam ao olhar do jovem Pastor, contudo não o deixaram preocupado. Na realidade, olhando tanta gente em traje de banho, viu aumentado o desejo de conhecer o mar.

Na Igreja, a recepção foi calorosa, contudo no rosto de alguns irmãos estava estampada a decepção, pois a figura de Cândido contrastava com a de tantos jovens que desfilavam pela cidade. Pastor Josué fez uma breve apresentação, procurando enfatizar a fé e a determinação do pastor Cândido. Depois, pediu que ele ocupasse o púlpito e fizesse uma breve oração.

Irmãos, - iniciou o Pastor, depois de olhar atentamente para os membros da Igreja - como a vossa cidade é bonita! Olhando essa gente toda na rua e nas mesas dos bares, fiquei imaginando como deve ser difícil o trabalho do pastor Josué. É a primeira vez que venho a uma cidade veraneia e realmente sinto-me tomado pelo ar de festa que paira na cidade. Se alguém aqui me perguntar o que sei fazer, responderei: preces a Deus! Aliás, é só o que me recordo de ter aprendido na vida. Da mesma forma que desconheço as alegrias deste mundo, também desconheço seus sofrimentos, pois nos últimos anos tenho andado apenas pelas Igrejas e pelos Seminários. Estas palavras podem deixar muitos pais preocupados, pois o líder que escolheram para os jovens da Igreja nada conhece da vida e até mesmo de nossa juventude. Não pensem, contudo, que não tenho condições de me sair bem nesta missão. Tenho certeza que não fui chamado apenas por vocês. Acredito que tenha um propósito na minha vinda para esta Igreja. Não me perguntem que propósito é esse, não saberei dizê-lo. A única coisa que fiz para estar aqui, foi colocar-me inteiramente à vontade de nosso Pai. Na realidade, acho que Deus tem dois propósitos. O primeiro, é que eu conduza os jovens no caminho do Senhor; o segundo, é que os jovens cuidem de mim, pois tenho uma saúde frágil e conheço tão pouco a vida.

O Pastor falava olhando atentamente para os fiéis. As palavras eram acompanhadas de leves sorrisos. - Farei, assim, um pacto com os jovens da Igreja: eles me introduzem na vida e eu os introduzirei nos mistérios da Santa Escritura. Neste assunto, gostaria de dizer-lhes, não sou tão inexperiente quanto possa parecer, pois, tenho vivido na fé. Tenho lido atentamente a Palavra na busca do seu verdadeiro sentido e cada vez que o faço, surpreendo-me, pois cada vez é como se fosse a primeira. É como se em cada versículo da Bíblia esteja encerrado um mundo de sabedoria que vou descortinando a cada vez que leio. O que tenho a oferecer aos jovens da Igreja é o conhecimento da Palavra. É dessa experiência que vou falar aos jovens. Vou falar aos jovens deste amor e desta intimidade que tenho com Deus.

Postado atrás do púlpito, Pastor Cândido continuava sua mensagem. A confiança era tanta que os fiéis foram sendo tomados de contentamento, entregando-se às palavras que vinham do fundo do seu coração. Quando ele parou de falar, já não havia mais resistências. Após o culto, ele e o pastor Josué foram para a entrada da Igreja para receber os cumprimentos dos irmãos.

XII

Depois do eloquente discurso em defesa do Cristianismo, o Pastor sentou-se e pegou um dos livros que Frederico tinha colocado sobre a mesa. Era um pequeno livro de pouco mais de sessenta páginas. Olhou atentamente a capa e a contracapa e teve a sensação de que tivesse com uma dinamite na mão.

Frederico quis impedi-lo de abrir o livro, mas conteve-se ao achar que o Pastor daria continuidade à discussão. Porém o santo homem abriu e começou a ler em silêncio: "Procuro Deus! Procuro Deus!" Quis parar, contudo viu-se forçado pela curiosidade. Continuou, então: "para onde foi Deus? ... quero dizer-lhes: nós o matamos - vós e eu. Nós todos somos seus assassinos! Mas como fizemos isso? Como pudemos esvaziar o mar? Quem nos deu a esponja para apagar a linha do horizonte? O que fizemos quando separamos esta terra de seu sol? Para onde ela se movimenta agora? Para onde nos levam os seus movimentos? Para longe de todos os sóis?" Cândido fechou os olhos. Frederico percebeu que ele estava lendo a primeira página e imaginou o impacto que as palavras estariam fazendo no seu espírito.

Frederico amava o Pastor e tinha cuidado quando ia tratar de qualquer tema que pudesse constrangê-lo. Nessas horas, escolhia bem as palavras e introduzia o tema com delicadeza. O Pastor virou a folha e continuou a leitura: " – Também os deuses apodrecem! Deus está morto! Deus permanece morto! E fomos nós que o matamos!" Frederico queria interferir e amenizar as palavras. Ele sabia que o Pastor não se encontrava preparado para a leitura e que certamente estaria sofrendo.

- Amigo, essas palavras são muito duras. Deixe esse livro de lado. Iríamos tratar desse assunto, contudo não agora. Coloquei-o sobre a mesa pra abordar outro tema. – Cândido percebeu a preocupação e o cuidado que Frederico estava tendo para amenizar o efeito das palavras.

- Você tem razão. É melhor eu saber dessas coisas através de você. O Seminário não nos prepara para ouvir essas palaras. Como dizer a esse homem que Deus está vivo? É ele mesmo quem está proferindo essas palavras ou as colocou na boca de alguém?

- Colocou-as na boca de um louco.

- Então é um louco que está falando?

- Sim, contudo gostaria de deixar esse assunto para outra oportunidade. - Como vai o trabalho de Júlia?

- Muito bem, amigo. Só vendo como ela é amada! No mangue, é a tia querida das crianças. Ela os ensina a cantar, a desenhar, a pintar e a cortar papel. Quando chegamos ao mangue, as crianças correm para abraçá-la. Não há um só homem que lhe falte com o respeito. Mesmo embriagados, curvam-se diante da presença dela.

- Você me falava do trabalho que está fazendo na favela. Gostaria de ouvir um pouco mais dessa experiência.

- Una-se a nós, Frederico. No mangue, você terá a oportunidade de verificar se esses filósofos estavam falando desta vida ou se estavam apenas fazendo jogo de palavras. Passe um ano conosco e então concluirá se tem sentido o que tem lido nesses anos todos.

- O convite é sedutor, mas não o aceitarei agora. Não suportaria o sofrimento dessas pessoas e ficaria mais aborrecido ainda. E a escola, já está pronta?

- Vivemos da caridade. A comunidade é muito pobre. Só avançamos quando um irmão afortunado nos ajuda. Mesmo assim, as atividades são intensas. Ganhamos um novo piano e Júlia levou o nosso para a Escola. Cinco crianças estão estudando música com ela.

- Júlia os ensina no mangue?

- Exatamente, Frederico! Todos os dias ela vai até a favela pra dar aulas de piano àquelas crianças. A comunidade não se cansa de admirá-la e de elogiá-la. O pai de uma das crianças era assaltante, hoje se sente tão feliz que deixou de assaltar.

- Você tem certeza de que ele que deixou de cometer assaltos?

- Tenho! Antes de o filho começar as aulas de piano, ele não queria saber do trabalho que estávamos fazendo. Quando ele bebia, batia na mulher e nos filhos, impedindo-os de irem à Igreja. Hoje, é um novo homem. Está sendo alfabetizado e faz planos para o futuro.

Frederico continuou fazendo perguntas ao Pastor enquanto olhava atentamente para as cicatrizes do rosto dele. Cândido gostava de relatar essas experiências ao amigo, porque conhecia o interesse dele pelo sofrimento do ser humano.

- Pastor, estou preocupado com sua saúde. Esses trabalhos têm causado estragos terríveis na sua pele. Limite-se a ficar recluso na Igreja e deixe o trabalho de campo aos outros.

- Amigo, pensei que não chegaria aos trinta. Com quarenta e cinco tenho a impressão de que esses quinze anos a mais que me foram dados é a recompensa pelo trabalho que tenho feito a essas comunidades. - Arregaçou a manga e mostrou a grande cicatriz que tinha no antebraço. - Veja, não posso descuidar-me, quando fui ao médico já era quase tarde.

Frederico olhou demoradamente e sentiu repulsa. Nessas horas ele ficava aborrecido com o Pastor, pois este não mostrava nenhum sinal de ira contra Deus. O homem estava perdendo a pele e a própria vida para ganhar vidas para o reino do Senhor e como recompensa tinha o corpo dilacerado pela doença.

- Pastor, não posso concordar com essa passividade. Você faz um esforço tremendo para cooptar-me para a Igreja e agora mesmo faz um esforço sobre-humano para mostrar-me a benignidade desse Deus, contudo ele dá a impressão de que pouco se importa com a sua saúde. Se eu tivesse que oferecer um dos meus braços para vê-lo curado dessa doença, não hesitaria. Esse seu trabalho incessante pelas favelas só tem agravado seu estado. Cobre alguma coisa desse Deus! Perceba seu estado, homem! Se você morrer, como ficarão Júlia e seus filhos?

O Pastor já estava acostumado com esses momentos de revolta do amigo. Nessas horas, aproveitava para fazer suas pregações. Mostrava-se cordial e aproveitava para falar da fé.

- Frederico, você fala assim porque não sabe o quanto é bom servir ao Senhor. Olhe bem pra mim: você acha que necessito realmente de alguma coisa? Necessito de mais saúde? Pergunte-me quantas vezes adoeci nesses últimos anos. Nenhuma vez, amigo! Tenho uma saúde de ferro.

- Estou me referindo ao câncer. Você acha que vou acreditar que esse Deus curou leprosos e aleijados quando vejo diante de mim seu servo mais fiel tendo a pele consumida deste modo? Se ele o curasse neste momento, eu me converteria. Diga pra ele: "Senhor, Frederico se deixará batizar se eu for curado." Vamos, diga pra ele. Cumprirei o que estou prometendo.

Antes de sentar-se, o Pastor puxou a cadeira e a colocou na frente de Frederico. Olhando dentro dos olhos dele, murmurou:

- Você se converterá pela minha pele?

- Me converterei e serei um discípulo fiel. Sairei a seu lado pregando essa fé.

- Amigo, o Messias também foi tentado a se atirar do penhasco apenas pra mostrar que era o filho de Deus, contudo ele percebeu a armadilha. Ganharei a sua alma sem esse expediente.

- Pastor, esse Pai tem-se mostrado cruel com seus filhos mais queridos. As grandes obras foram geradas na dor e na angustia. Os grandes músicos, os grandes filósofos e até mesmo os grandes poetas comeram o pão que o diabo amassou. Até mesmo o Cristo teve que arrastar sua cruz ao calvário para nela ser pregado. Por que tanto desprezo com o ser humano?

- No início, assim como os pássaros, não tínhamos que nos preocupar com o que comer. Tínhamos tudo no Paraíso.

- Mas a que preço, amigo? Tínhamos tudo, até mesmo a razão, contudo não podíamos usá-la. Não podíamos ousar ou mesmo duvidar. No dia que ousamos, fomos expulsos e entregues à nossa sorte. Nem mesmo a morte do justo nos redimiu, pois continuamos carregando o fardo da vida.

- Amigo, ganhamos a vida eterna!

- Só se permanecermos submissos. Os revoltados não terão essa vida eterna. Assim como fomos expulsos do paraíso, também seremos da vida eterna.

O Pastor baixou a cabeça. Queria continuar argumentando, contudo sentia-se cansado. Como gostaria de convencer o amigo de que esta vida é passageira!

XIII

Quando Cândido acabou de cumprimentar os irmãos da Igreja, disse pra Júlia que queria conhecer o mar. O relógio da Igreja acabara de marcar cinco horas e o sol ainda ardia em Cabo Frio. Júlia já esperava que ele a convidasse para o passeio.

- Pastor, estou ansiosa para lhe mostrar a praia. Vamos nos preparar, dentro de meia hora estarei de volta. - Ela pegou na mão de uma amiga e saíram as duas conversando alegremente.

Cândido permaneceu olhando até que desaparecessem. Apesar do calor que sentia, mostrava-se disposto e até mesmo excitado, pois daí a pouco estaria realizando mais um sonho: o de conhecer o mar.

Quando estava pregando, Cândido tinha percebido que Antoniel havia se mostrado atento às suas palavras. Na porta da Igreja, enquanto recebia os cumprimentos, ele olhava atentamente para ver se Antoniel estava na fila para cumprimentá-lo, contudo o rapaz não o procurou. Ele entrou no templo e o viu sentado, de cabeça baixa, como se fizesse uma oração.

- Posso ajudá-lo? - O jovem levantou a cabeça, olhou demoradamente e respondeu:

- Você sabe quantos jovens tem a Igreja? - Cândido olhou-o atentamente e sentiu um pouco de desânimo. Já estava disposto a responder, quando se lembrou do mar.

- Irmão, não posso responder-lhe agora, preciso conhecer o mar.

- É mais importante pra você?

- No momento, é mais importante pra mim. - Antoniel levantou a cabeça e o encarou com coragem. Era a primeira vez que ele olhava bem de perto o rosto de Cândido. Atentamente examinou a pele fina que cobria os lábios curtos e depois foi subindo com os olhos até fixar-se numa pequena mancha preta próxima ao olho esquerdo. Sem conter-se, levou as mãos aos olhos, cobrindo-os.

- Se você é um escolhido, por que Ele não o protege?

- Fui escolhido para ser um servo de Deus. A recompensa que espero não é neste mundo.

- Você nos cobrirá de vergonha! - Nessa hora Cândido quis sentar-se ao lado do jovem, contudo lembrou-se que Júlia o esperava.

- Irmão, depois falaremos a respeito desse assunto. Venha comigo, vamos ver o mar.

- Você vai vestir roupa de banho?

- Não, vou tirar apenas o paletó e a gravata.

- Vai de chapéu e sapatos? Estamos na temporada, não vá com essa roupa.

Cândido deixou escapulir um sorriso irônico, tentando incentivar o jovem, contudo ele se mostrava hostil. Olhando para o relógio, o Pastor saiu às pressas com o guarda-sol no braço esquerdo e o chapéu na mão direita.

Júlia já o esperava na porta da Igreja. Estava de sandálias, tinha debaixo do braço uma toalha e se mostrava animada com o passeio. O Pastor subiu ao apartamento, quando desceu estava de sapatos, vestia uma calça jeans e uma camisa de mangas compridas. Estava com o chapéu de feltro na cabeça. Júlia achou graça.

- Pensei que tivesse ido vestir roupas de banho, calce pelo menos uma sandália, a arreia é muito fina e vai entrar nos sapatos.

- Não, irmã! Não conseguirei ir muito longe de chinelos e certamente perderei sua amizade se vestir o calção.

- Deixe pelo menos o chapéu.

- Irmã, jamais deixarei de usar esse equipamento nesta cidade. Veja como estou vermelho. Ainda há um pouco de sol, pode ser fraco pra vocês que já estão acostumados, contudo pra mim é como se estivesse próximo a uma fogueira. Desde que desci do ônibus tenho sentido a pele arder.

- Não seria melhor desistir?

- Tenho sonhado com este dia. Hoje vamos de táxis, porém teremos de voltar de ônibus, pois estou com pouco dinheiro.

No trajeto, Cândido contou a Júlia que desde que havia chegado à cidade tinha sentido a sensação de que alguém necessitava da ajuda dele. "Júlia, acho que essa pessoa está aqui na praia." Murmurou o Pastor em voz baixa para que não fosse ouvido por um grupo de mulheres que ia à frente. Ela sugeriu que sentassem, contudo ele pediu que caminhassem um pouco mais até que ele sentisse que haviam chegado ao lugar onde deveria encontrar-se a pessoa que necessitava de sua ajuda.

Cândido havia tirado os sapatos, arregaçara a calça até a altura dos joelhos, abotoara a camisa social até o último botão, enterrara o chapéu de feltro na cabeça e caminhava pela areia, deliciando-se como se fosse uma criança. Júlia também havia tirado as sandálias. De repente, ele falou:

- É aqui, irmã! Vamos sentar próximo daquele homem e daquela mulher. Ambos pedem meu auxílio.

A mulher tinha uns cinquenta anos e estava sentada em uma cadeira de praia, olhando fixamente para o mar. O homem estava sentado na areia, há pouco mais de três metros da mulher. Era um pouco mais velho, estava sentado sobre uma esteira e tinha sobre os ombros uma toalha. Júlia abriu a toalha e o Pastor sentou-se bem próximo à mulher. O homem olhou atentamente para os dois, mostrando-se admirado com o traje deles. A mulher, contudo, manteve-se olhando para o mar.

- Vamos até a água ou você quer deixar pra mais tarde? - Perguntou Júlia.

- Vamos logo, irmã. Não posso resistir mais! - Saíram caminhando rapidamente na direção da água, seguidos pelos olhares. Havia poucas pessoas na praia, pois já eram quase seis horas. Ao pisarem na água, Júlia voltou de costas rapidamente, fugindo de uma pequena onda. Cândido, porém, andou pra frente e esperou que a água chegasse até próximo dos joelhos. Olhou para trás e estimulou Júlia a segui-lo. Logo que ela ficou ao lado dele, Cândido curvou-se e pegou água com as mãos, levando-a a boca, para sentir o gosto.

- É salgada, irmã Júlia! É salgada! Eu tinha de ter uma prova. Acho que foi o que aconteceu a Tomé. Ele sabia que era o Cristo, sabia que o Cristo havia ressuscitado, contudo necessitava tocar na ferida, pois só assim veria confirmado o que já sabia. O mar é lindo! Vou amar esta cidade! – Júlia jamais imaginara uma situação dessas. A figura do Pastor era singular, pois permanecia de chapéu, embora não tivesse mais sol. - Vamos, irmã, aquela voz continua clamando por mim.

Quando os dois se sentaram na toalha, o Pastor tirou o chapéu, colocou-o na toalha e olhou demoradamente para a mulher. Desde que ele havia saído da água, ela havia pregado os olhos nele. Quando eles chegaram bem perto, ela quase se levantou, porém sentiu-se paralisada. O homem que estava próximo, também sentiu uma sensação especial. Como se tivesse sentido horror, cobriu o rosto com as mãos e ficou por muito tempo nessa posição. Júlia estava tão interessada nas reações de Cândido que não percebera esse momento especial experimentado pelo homem e pela mulher. Depois de algum tempo, Cândido voltou-se pra mulher e falou-lhe:

- A senhora já teve a oportunidade de provar a água do mar? - Ela olhou atentamente para o rosto dele e sentiu que se tratava de um homem especial.

- Eu também precisei provar da água para acreditar.

- Felizes são os que não necessitam de uma prova para crer! A senhora é daqui? - A mulher pegou a cadeira e se aproximou um pouco mais.

- Sou de Brasília. Ainda estou resolvendo se fico morando aqui. É a primeira vez que vocês vêm à praia?

- A irmã Júlia mora aqui. Ela conhece os encantos do mar.

- Na parte da manhã é difícil encontrar-se um lugar para armar a barraca, prefiro vir neste horário. O Senhor é de que igreja?

- Sou Pastor protestante.

- Não é uma responsabilidade muito grande para um jovem?

- Vou necessitar muito da ajuda dos irmãos. A irmã Júlia é responsável por isso, eu queria ir para uma igreja de uma cidade pequena, porém com a ajuda dela fui convidado para conduzir os jovens da Igreja de Cabo Frio.

- O senhor sabe lidar com os jovens?

- Essa será a minha primeira experiência. Hoje à noite vou fazer meu primeiro sermão, espero que sejam tolerantes.

- É uma responsabilidade muito grande. O jovem de hoje é rebelde, não ouve os mais velhos e sem razão alguma agridem os outros.

- Se todos fossem assim, certamente eu fracassaria, mas os jovens da nossa Igreja são mais dóceis. Quase não temos problemas com os jovens. Minha missão é orientá-los.

— O senhor não sabe exatamente o que o espera. As estatísticas demonstram que grande parte da juventude está envolvida com sexo e droga. Talvez na Igreja de vocês tenha poucos problemas, contudo no meu meio é difícil encontrar uma família que o filho não esteja envolvido com as drogas. Estou querendo mudar-me pra esta cidade para tirar meu filho de Brasília. - Júlia sentiu que a mulher queria falar de seus problemas e que se sentia embaraçada com sua presença, disse então ao Pastor que iria caminhar um pouco. Ele entendeu a intenção dela e concordou.

— Seu filho está envolvido com drogas? - Ela baixou a cabeça e deixou escorrer uns pingos de lágrimas pelo rosto. O homem ao lado ouviu a palavra drogas e viu as lágrimas escorrerem. Virou-se um pouco mais de modo a ouvir a conversa.

— Meu filho é um drogado, Pastor! Só uma mãe que passou por essa experiência sabe o que é sofrer. Estamos aqui há vinte dias e eu já estava decidida a não voltar pra Brasília, contudo ele arrumou novos amigos viciados aqui e não sei se vai adiantar ficar.

— A senhora tem pedido ajuda a nosso Pai?

— Se tenho rezado?

— Sim, orado.

— Veja meus joelhos, Pastor. Estou desesperada e não sei mais o que faça. Nas minhas orações, peço que Deus leve logo meu filho.

Era a primeira vez que Cândido via-se diante de uma situação dessas. Sentiu então que seu pastorado estava começando nesse momento e que seria necessário ajudar a pobre mulher. Ela continuava de cabeça baixa e de vez em quando levantava a toalha até o rosto para enxugá-los.

- Posso ajudá-la!

- O senhor é muito jovem. Pelo que estou vendo, não conhece nada da vida. Diga-me o que pode fazer pelo meu Ígor?

- Sei orar, irmã! Se quiser, oraremos pelo seu Ígor.

- Não vai adiantar. Se o senhor fosse pelo menos mais experiente, mas vejo que não conhece nada do vício.

- Não fique nesse estado. Realmente não conheço nada do mundo, contudo tenho uma vida muito íntima com Deus. O que importa pra ele é a fé e não essa experiência. Olhe aquele morro -, Cândido apontou o grande morro que estava a sua esquerda - se tivermos fé, o removeremos!

- Eu tenho fé, Pastor, contudo não consigo tirar meu filho do mau caminho.

- Sei que posso ajudá-la. - Ele estendeu a mão pra ela. Depois de hesitar, ela pegou a mão dele e ficou olhando o tanto que era magra.

- O senhor é uma criança, não conhece o vício.

- O reino de Deus é das criancinhas. Vamos tentar! - Ele estendeu-lhe a outra mão. Alguns segundos depois, ela segurou as mãos dele com firmeza, era como se quisesse sugar a fé dele.

Sentindo que ela queria acreditar que ele podia ajudá-la, Cândido insistiu: - Tente!

- Vou tentar, Pastor. Quero salvar meu filho.

- O Senhor nosso pai disse: "Quando duas pessoas estiverem reunidas e orarem em meu nome, Eu estarei presente." Se orarmos em nome de Deus, ele estará aqui conosco. Vamos orar?

- Vamos! - Exclamou a mulher, cheia de esperança.

"Senhor," - Cândido começou - "na Galiléia chamaste Pedro, Tiago e os outros e depois os mandaste pelo mundo para que pregassem a tua Palavra. Quase dois mil anos depois, quando eu era apenas uma criança, ouvi esse mesmo chamado e hoje estou no mundo para testemunhar que o Cristo que morreu na cruz era o verdadeiro filho de nosso Pai. Diante de ti, Pai, colocamos o sofrimento desta mãe. Mostre-nos o que temos de fazer para ajudar Igor. A salvação dele virá de ti. Amem!"

A pobre mulher sentia-se aliviada e olhava confiante nos olhos do Pastor. Quase sussurrando, murmurou:

- O Senhor é um homem abençoado!

Apesar de ter pronunciado essas palavras em voz baixa, o homem que estava ao lado as ouviu. Atentamente ele ouvira a conversa e quando o Pastor disse amém, ele a repetiu para si mesmo.

- Mulher, vá pra casa e descanse. Amanhã não virei a este lugar, porém na segunda-feira estarei aqui. Vá descansar. - Ela levantou-se, fechou a cadeira e foi-se embora. O homem tentou levantar-se para se dirigir ao Pastor, contudo quando percebeu que Júlia acabara de chegar, prostrou-se novamente na toalha.

No domingo, o Pastor Cândido entregou-se inteiramente aos jovens da Igreja. Com sutileza, buscava seus corações. Quando se tratava dos assuntos mundanos, mostrava-se cauteloso, procurando extrair alguns conhecimentos que pudessem levá-los a entender melhor o ser humano. Sem maiores dificuldades distinguiu os que tinham mais vivência e que estavam mais expostos aos prazeres da vida. Aproximou-se então dessas pessoas, mostrando-se interessado em conhecer as experiências pelas quais haviam passado.

Antoniel manteve-se sempre distante, porém notou a preferência do Pastor por esses irmãos. Chegou mesmo a achar que ele os conduziria justamente para os objetivos que motivaram a ida ao Seminário, que era o de levar os jovens da Igreja a atuarem ativamente nas praias, arrebanhando os jovens que buscavam outros prazeres. Júlia havia comentado rapidamente o encontro com a mãe do jovem drogado e o interesse do Pastor em ajudá-la. Logo após o culto da noite, quando os jovens se reuniram em volta do jovem Pastor, na porta da Igreja, Antoniel aproveitou a pergunta de um dos colegas e indagou:

— Pastor, irmã Júlia nos contou que o senhor já começou a pregação na praia. Na sua proposta de trabalho para a Igreja será contemplado esse tema? Estamos no meio da temporada, quando iniciaremos o trabalho?

Cândido sentiu que na pergunta havia uma intenção velada. Reconheceu que o jovem queria indagar se ele havia mudado de ideia, pois no Seminário havia se mostrado preocupado com o interesse dos jovens em fazer o trabalho na praia.

- Ainda não tracei o rumo que iremos seguir, contudo antes mesmo de ser convidado empenhei-me nas orações para que nosso Pai nos mostrasse esse rumo. Vou apresentar um plano de trabalho. Embora não seja uma proposta definitiva, dentro de quinze dias entregarei um documento delineando um roteiro de discussão.

- Ontem, o Senhor teve a oportunidade de sentir que há pessoas aflitas, apesar de procurarem nossa cidade para o lazer.

- Irmão, iremos falar sobre o assunto, contudo espero que vocês entendam que não tenho uma posição definida, até mesmo porque, como falei há pouco, o assunto não é só meu. Com a ajuda de nosso Pai, devemos definir esse rumo. Vou expor, contudo, o que venho pensando sobre a minha vida, ou seja, que caminho devo trilhar. Tenho pensado em trabalhar com os mais humildes. Sinto-me atraído pela periferia. O clamor que vem dali soa mais forte dentro de mim. Não quero dizer que não haja necessitados nas praias, porém darei prioridade à periferia. Essas pessoas que vivem nos bairros pobres passam por todo tipo de necessidades.

- Por que não trabalhar a Igreja pra seguir nessa direção? - Antoniel mostrou-se resoluto. Sentia-se disposto a implorar que ele seguisse por esse rumo, pois temia que fosse influenciado pelos jovens que queriam fazer o trabalho na praia.

- Irmão, a vida de um pastor não pertence a ele mesmo. Nós temos a responsabilidade de conduzir nosso rebanho, mas terá que ser feito de acordo com a vontade de Deus. Eu confio no plano que ele traçou para meu ministério.

- Vai encontrar-se com aquela mulher novamente?

- É meu desejo. Ela está sofrendo muito. Sinto que posso ajudá-la, mas não interferirá no meu trabalho aqui na Igreja. - Olhando nos olhos de Antoniel, perguntou-lhe: - Você gostaria de trabalhar na periferia?

- Gostaria.

- Então vamos começar na quarta-feira. Iremos visitar um desses bairros pobres.

Antoniel mostrou-se eufórico com a decisão, pois sentia ser importante envolver o Pastor com os assuntos mais permanentes da cidade. Ele experimentava dúvidas quanto ao êxito do trabalho na praia e desconfiava dos propósitos de alguns irmãos que defendiam fervorosamente esse trabalho.

Na segunda-feira, depois de se reunir com Antoniel, no fim da tarde, o Pastor convidou Júlia para passearem na praia. Saltaram do ônibus próximo ao local onde haviam ficado no sábado. Quando pisaram na areia, ele segurou no braço de Júlia e pediu que ela esperasse um pouco. Ficaram parados algum tempo.

- Júlia, há mais de uma pessoa nos chamando aqui. É necessário que sintam confiança e se aproximem.

- Como iremos reconhecê-las, Pastor?

- Não sei, irmã. Vamos nos portar como crentes. Se precisam do Cristo, saberão encontrá-lo nos nossos hábitos.

Chegado ao local, Júlia estendeu a toalha. O Pastor tirou o chapéu e colocou-o sobre a toalha. Arregaçou as mangas da camisa até próximo ao cotovelo, olhou demoradamente para os braços - magros e brancos - e desceu a manga da camisa. Levantou a cabeça e deparou-se com o homem que estivera observando sua conversa com a mulher. O Pastor o cumprimentou, contudo ele virou a cara para o outro lado sem corresponder.

Depois que Cândido arregaçou as calças e Júlia prendeu os cabelos, os dois foram caminhando, lado a lado, na direção da água. Quando pisaram na água fria, o Pastor começou a pular, como se fosse uma criança, saltando as pequenas ondas. Dava alguns passos pra frente e depois voltava rapidamente para que as pequenas ondas não molhassem as pernas da calça que estavam na altura dos joelhos.

O Pastor olhou na direção do local onde estava a toalha e reconheceu a mulher com quem havia conversado no sábado. Falou pra Júlia que queria retornar.

- Boa tarde, dona Catarina, como vai seu filho?

- Bem, Pastor! Vocês passaram bem o domingo? - Dirigiu-se a Júlia, aproximando-se para beijá-la. – A moça estendeu-lhe as mãos. Discretamente, ela deixou vago o lugar na toalha, próximo à cadeira, para que o Pastor ficasse perto da mulher.

— Nas férias, a senhora vai à Igreja? — Perguntou Júlia com discrição.

— Não, minha filha. Não consigo dormir enquanto Ígor não chega. Os sábados tornaram-se um tormento pra mim. É a pior noite! Ele fica na rua até o dia amanhecer. Quando chega, o sofrimento aumenta, pois não consigo me controlar.

Embora o Pastor quisesse dizer alguma coisa para confortá-la, mantinha-se calado. Era a primeira vez que se deparava com uma mulher chorando pelo filho. Júlia também não sabia o que dizer. A mãe, embora envergonhada, relatou as agressões que sofria do filho quando ele chegava drogado.

— Tenho sofrido muito, minha filha. Porém não são as agressões que me deixam neste estado. Fico com o coração partido quando o vejo sofrendo de remorso por ter feito tudo aquilo sem ter podido controlar-se. Sei que quer livrar-se do vício, mas não tem forças.

— Ele já fez algum tratamento? — Perguntou Júlia em voz baixa, para não ser ouvida pelo homem que, embora deitado, voltara a cabeça para o lado para ouvir o que conversavam.

— Já fiz de tudo. Muitas vezes ele mesmo toma a iniciativa, porém tem sido tudo em vão.

— Se a senhora tiver fé, ele será curado — disse o Pastor, colocando cuidadosamente o chapéu sobre a toalha. As duas mulheres e o homem olharam para Cândido com espanto, pois tiveram a impressão de que ele estivesse distante. Júlia lembrou-se que já o vira nesse estado quando estiveram no Seminário e quando saltaram do ônibus, no sábado. A mulher sentiu vergonha. Baixou a cabeça, deixando escorrer as lágrimas. O Pastor levantou-se, estendeu a mão pra ela, segurou com firmeza, e declarou: - Ele deixará o vício!

Júlia sentiu-se confusa diante dessa atitude, pois percebera que encheria a pobre mãe de esperanças. Se o rapaz não deixasse o vício, poderia decepcioná-la.

- O Senhor vai curar meu filho?

- A tua fé o salvará!

O semblante da mulher foi mudando. Os lábios foram se abrindo, deixando escapulir um sorriso de alegria. Apertou com forças a mão dele e exclamou:

- Ele está vindo pra cá! Tenham paciência, ontem ele sofreu muito.

Soltando a mão dela, discretamente o Pastor voltou-se na direção em que ela olhava e viu um belo rapaz que vinha na direção deles. Estava de calção de banho, trazia debaixo do braço uma prancha de surfe. Era um desses jovens de corpo escultural que enchem as praias brasileiras. Quando ele chegou, olhou rapidamente pra Júlia e para o Pastor. Com desprezo, dirigiu-se à mãe:

- Por que você não me esperou? - Júlia percebeu a cautela da mulher, era como se ela temesse que ele fizesse algo de muito grave ali na praia.

- Filho, este é o pastor Cândido e sua irmã Júlia. São de uma Igreja Protestante, ele não conhecia o mar. - O rapaz deixou escorregar um sorriso juvenil. Os olhou com mais atenção, principalmente para Cândido que havia estendido a mão para cumprimentá-lo. A mãe, ao perceber que o filho estava bem humorado, deixou-se relaxar. O rapaz apertou com firmeza a mão do Pastor, porém sentiu-se embaraçado quando Júlia também lhe estendeu a mão. A seguir, ele entregou a prancha à mãe.

- Você está bem acompanhada, vou aproveitar pra subir o morro.

Antes que a mãe dissesse qualquer palavra, o Pastor virou-se rapidamente para o morro e exclamou:

- Você vai escalar aquele morro? - A pergunta pegou Júlia de surpresa, pois ainda estava preocupada com a reação do rapaz.

- Sim! - Voltando-se pra mãe, disparou: - se não quiser me esperar, leve a prancha, o mar está calmo.

- Posso ir com você? - A pergunta do Pastor causou espanto em todos. O homem ao lado mostrou-se interessado, sentando-se a seguir. Júlia viu confirmada a sua desconfiança de que ele os ouvia atentamente. O rapaz olhou o Pastor de cima pra baixo, fechou a cara, levantou os ombros e respondeu:

- Tanto faz! - O pastor rapidamente curvou o corpo, pegou o chapéu e o enterrou na cabeça. - Você não vai andar assim pela praia, vai? - A mãe do rapaz ficou tensa e olhou aflita pra Júlia, na esperança de que ela intercedesse.

- Vou sim, lá nas alturas deve ser frio. É melhor levá-lo comigo. - O rapaz deixou os ombros cair. Olhando a mãe de soslaio, deu de costas e se dirigiu ao Pastor.

- Então vamos logo! - Cândido apressou o passo para ficar lado a lado, porém Ígor olhou para o chapéu e fez sinal para que ele o tirasse. - Deixe para colocá-lo quando chegarmos lá em cima.

Os três seguiam com o olhar os dois que se distanciavam. A mãe, cheia de esperanças, estendeu a mão para Júlia e apertou com força.

- Filha, eu tenho fé! Esse homem é um anjo, veja como anda apressado para ficar ao lado do meu Ígor. Eu tenho fé!

Ígor não demonstrava dar importância à companhia do Pastor. Às vezes dava a impressão de que havia até mesmo se esquecido de que o pequeno homem andava apressado para manter-se ao lado dele. Quando chegaram à base do morro, havia uma diferença de quase dez metros, pois Cândido não conseguira manter-se ao lado do rapaz.

- Se não apressarmos, vamos voltar depois das sete. - Ígor havia parado e tinha colocado a mão na cintura. Enquanto o Pastor se aproximava, ficou olhando para a figura singular do homem. Vendo o cuidado que ele dispensava ao chapéu, achou graça. Desejou tomá-lo e jogá-lo bem longe, contudo conteve-se.

- Só eu sei, meu jovem, o esforço que estou fazendo para acompanhá-lo, mas não se prenda por mim, vamos nos encontrar lá no alto. - Mais uma vez Ígor sentiu vontade de pregar-lhe uma peça, contudo conteve-se novamente, achando até mesmo graça da alegria que fluía do rosto do pequenino homem.

Alguns minutos depois, o Pastor já se havia atrasado bastante, pois de vez em quando parava e ficava olhando lá para baixo, admirando o mar e a praia. Ígor parou mais uma vez e o esperou, pois havia decidido pregar-lhe uma peça. Cândido olhou pra cima e o viu parado com as mãos nos quadris. De baixo para cima, Ígor parecia-lhe um verdadeiro gigante. Quando Cândido chegou bem próximo, o rapaz estendeu-lhe a mão, como se quisesse ajudá-lo, contudo ele tinha o propósito de suspender o pé e bater com força no peito do Pastor a fim de fazê-lo rolar morro abaixo.

Ao tocar na mão magra de Cândido, antes de suspender o pé, como havia planejado, sentiu a fragilidade dele. Olhou atentamente pra ver se percebia um sinal de medo. Cândido sentia-se feliz com a aventura. Embora estivesse cansado, esforçava-se para subir sempre. Quando se sentiu ajudado pela mão forte do rapaz, deixou escapar um sorriso meigo e foi justamente esse sorriso que deteve Ígor de o empurrar morro abaixo. Embora Cândido fosse cinco anos mais velho, o rapaz sentiu-se responsável por ele.

- Já estamos chegando, não vou deixá-lo pra trás. - Ígor voltou-se para cima, continuou subindo, puxando o Pastor pela mão.

- Sem a sua ajuda acho que não conseguirei. Só agora reconheço que o Seminário não nos prepara para a vida. Na próxima carta falarei ao Pastor José. Vou aconselhá-lo a caminhar com os seminaristas para que não saiam tão fracos pelo mundo.

Quando chegaram ao cume, Ígor abriu os braços como se quisesse sair voando. O Pastor procurou entender o ar de felicidade que saía do rosto do rapaz.

- Livre! Estou livre! Vou voar! Vou atirar-me e sair voando como aqueles pássaros. - O Pastor queria admirar o mar, contudo sentia-se preso aos movimentos de Ígor. O rapaz abriu os braços, fez sinal de se jogar morro abaixo, deixando Cândido preocupado, pois não conseguiria impedi-lo.

Depois de passado esse momento de êxtase, Ígor sentou-se sobre uma pedra, estendeu a perna direita até retesá-la completamente. Com agilidade, meteu a mão no calção, tirou um cigarro e uma pequena caixa de fósforos de papelão. O Pastor arregalou os olhos.

- Você vai fumar?

- Vou voar, Pastor. Vou levantar vou!

- Isso é um cigarro? - Cândido estava atônito, pois embora visse que se tratava de um cigarro, achava-o estranho.

- É um baseado, Pastor!

- Um baseado? O que é isso, Ígor? Então não é um cigarro?

- É um cigarro, veja! É maconha.

O Pastor sentiu-se desfalecer e prostrou-se sentado a poucos metros de distância do rapaz. Ígor rolava o cigarro nas pontas dos dedos, tentando desamassá-lo. De vez em quando olhava para o Pastor e se divertia ao vê-lo tão amedrontado. Cândido tentava orar, contudo não conseguia. Queria lembrar-se dos salmos e dos conselhos do Pastor José, porém tudo girava a sua volta. Ígor tinha acendido o cigarro, puxava a fumaça com volúpia, soltava-a entre as mãos que estavam fechadas em forma de concha.

A seguir, levava-as rapidamente até o nariz, como se quisesse cheirá-la novamente. Sentado ao chão, Cândido sentia-se totalmente derrotado. Era como se Satanás tivesse preparado cuidadosamente uma armadilha pra ele. Aos poucos, ele foi-se recompondo. Seu semblante foi endurecendo. Falando para si mesmo, exclamou: "Afaste-se de mim, Satanás, sou um filho de Deus! Não tens poder sobre mim!"

Ígor não entendeu as palavras do Pastor, porém compreendeu que ele travava uma luta imensa para manter o controle. Soltando a fumaça entre as mãos, foi acompanhando as mudanças pelas quais passavam o Pastor. Cândido levantou-se, tirou o chapéu, colocou-o no chão e foi sentar-se próximo ao rapaz. Ígor viu o duro semblante dar lugar a um rosto meigo e suave. Dos olhos verdes de Cândido, fluía um olhar manso e cheio de compaixão. Estendendo a mão para o rapaz, pediu:

- Posso vê-lo? - Ígor ficou em dúvida se entregava o cigarro, pois temia que ele o destruísse. Passados alguns segundos, entregou-o.

- Puxe bem devagarinho, Pastor! Bem devagarinho. Vamos sair voando sobre o mar. - Cândido pegou o cigarro e ficou olhando atentamente como se procurasse ali uma razão para a atitude do rapaz. Depois o devolveu e se manteve silente, observando o rosto do jovem.

- Sinto que de alguma forma isso lhe ajuda, contudo não resolve seus problemas. Não seria melhor enfrentá-los de frente?

- Não há problema algum, Pastorzinho. Este mundo me sufoca! Quero apenas voar um pouco e esquecer a vida que tenho levado, pois é uma merda de vida. Tenho medo da noite e do amanhecer, portanto quero voar.

- Não entendo, irmão: você é tão bonito, tão jovem, tem uma mãe que sofre por você. No entanto, você repudia essa vida como se ela não lhe oferecesse nada. Você tem saúde, Ígor, muita saúde e acha que não tem nada. Olhe pra mim -, abriu a camisa e mostrou-lhe o peito - veja, são apenas ossos cobertos por uma frágil camada de pele que certamente vai ser consumida mais tarde pelo câncer. Apesar disso, Ígor, todas as manhãs agradeço por ter este corpo. Zelo carinhosamente por ele, pois é o que eu tenho e sei que aqui neste frágil coração - apontou para o coração – mora o meu Senhor.

Ígor ainda sugava o cigarro, contudo havia deixado de recolher a fumaça com as mãos e olhava na direção do mar. Mantinha-se sentado sobre a pedra e seu corpo viril estava ereto. Quando o Pastor lhe mostrou o coração, ele olhou com desprezo e sentiu repulsa. Depois de respirar profundamente, sem voltar-se para o Pastor, perguntou:

- Você ainda tem pai?

- Tenho... - antes que Cândido completasse, ele disse:

- Eu não tenho mais. Meu pai morreu quando eu tinha doze anos. Nos fins de semana ele me colocava na moto e saíamos passeando pela cidade como dois amigos. Eu o amava muito, mas um dia ele enfartou e tudo passou a ser diferente. De lá para cá é essa merda de vida.

- Compreendo! Você ainda sofre, porém todos os dias há pais morrendo, Ígor. Não há como evitar a morte, o que temos de fazer é nos sujeitar a essa fatalidade. - O rapaz encarou-o com dureza, rangeu os dentes, mas a calma voltou a dominá-lo.

- Você não compreende nada, seu pai ainda está vivo. Foi o meu que morreu.

- Apesar disto, Ígor, não há como voltar atrás. Mesmo que você mate a sua mãe e aniquile seu corpo, seu pai não voltará mais, pois está morto, porém eu sou portador de uma promessa.

- Que promessa é essa?

- Um dia vocês poderão encontrar-se e viverão como irmãos, pois não haverá um pai e um filho, mas se você não cuidar de sua vida, certamente ficará longe dele também na eternidade.

- Você acredita mesmo nessas tolices?

- Acredito e estou empenhado a transmitir essa promessa pra você, pois não quero vê-lo separado de seu pai na vida eterna. Veja como são as coisas: esse pai que você tanto chora, e que foi a pessoa mais importante de sua vida, um dia o veria partir de casa para constituir sua família e ter seus filhos. Certamente continuariam se amando, contudo ele teria que se conformar em perdê-lo pra uma mulher, pois ela seria a mãe de seus filhos.

- Já tenho um filho.

- Você já é pai?

- Engravidei uma amiga. Eu tinha dezesseis anos e ela quinze.

- Você está cuidando de seu filho?

- Um maconheiro não pode criar uma criança. Logo que ele nasceu, fiquei muito feliz, pois iria colocá-lo na garupa da moto e sair pela cidade conversando com ele, como meu pai fazia comigo, porém as duas famílias exigiram tanto de nós que acabei voltando pra droga. Não quero vê-lo.

- Você precisa de ajuda. Posso ajudá-lo.

- Corta essa, Pastor! Já tive quatro psicólogos e tudo que ouvi dessas pessoas foi só baboseira. Só sabem ganhar dinheiro e dar conselhos impossíveis. Não acredito nesse tipo de ajuda. Não tenho futuro algum, Pastor. Quando olho pra frente, só vejo vergonha e sofrimento. Um dia matarei minha mãe, pois não suporto vê-la sofrer tanto.

Cândido levantou-se, pegou o chapéu, colocou-o na cabeça, fechou a camisa e estendeu a mão para o rapaz a fim de ajudá-lo a ficar de pé. Ígor segurou com firmeza e o puxou com violência. Cândido caiu, mas conseguiu levantar-se.

- Você quer demonstrar que sou frágil e que não posso ajudá-lo, contudo a força que tenho não vem dos meus músculos. Você pode me jogar morro abaixo, mesmo assim continuarei sendo o mais forte. Vamos, Júlia e sua mãe já devem estar com frio. - Ígor estava arrependido e sentia-se embaraçado. Reconhecia que havia sido fraco. Procurava de alguma forma desculpar-se.

- Você vai contar pra minha mãe o que fiz aqui?
- Quero fazer-lhe uma proposta.
- Faça!
- Ensine-me a surfar e eu o ensinarei a orar! - Ígor parou de andar, colocou as mãos na cintura e deixou escapulir um sorriso zombeteiro.
- Vou ensiná-lo, mas você terá que usar roupa de banho. - Cândido deixou escapar também um sorriso zombeteiro e retrucou:
- Mesmo de calção, continuarei sendo motivo de curiosidades. - Ígor levantou a mão direita, abriu os dedos e a levou até tocar na mão do Pastor, fazendo a saudação comum às pessoas de seu grupo.
- Combinado, porém nada de me chamar de irmão na frente dos outros.

Júlia estava de pé há mais de uma hora. Olhava atentamente na direção do morro, na expectativa de que voltassem logo. Quando os viu, avisou a mãe do rapaz.

- Dona Catarina, são eles! Veja como estão conversando, acho que se tornaram amigos. Que Deus seja louvado!

A pobre mulher levantou-se rapidamente e procurou olhar o rosto do filho, tentando encontrar ali um sinal de alegria.

Ela havia ficado aflita com a insistência do Pastor em ir para o morro, pois temia que o filho o tratasse mal. Nos últimos anos Ígor vinha mostrando-se cruel com ela e com todos aqueles que procuravam ajudá-los. Quando Júlia lhe disse que tinham se tornado amigos, sentiu alívio e também deu graças a Deus. Ela quis se antecipar para recebê-los, contudo Júlia a conteve, pedindo que controlasse um pouco a alegria.

- Pronto, senhora, aqui está seu filho. Sem ele, eu não conseguiria chegar ao topo. Júlia, um dia vamos fazer um culto lá em cima e pediremos ao Pai que abençoe esta cidade tão bonita.

Ígor mostrava-se aliviado, contudo olhava com reserva a alegria do Pastor. Pegou a prancha e estendeu-a na direção dele.

- Que tal Pastor, será que conseguirá equilibrar-se aqui em cima? - Cândido contornou a toalha, pegou a prancha e começou a passar a mão. Admirada, Júlia perguntou:

- Não me diga que está pensando surfar?

- Claro! Fiz um trato com Ígor: ele vai ensinar-me, mas tenho que comprar um calção. - As duas mulheres acharam graça, porém Ígor sentiu-se arrependido de ter aceito a proposta. Fechou a cara e mandou que a mãe fosse pra casa, pois iria nadar.

Júlia dobrou a toalha e saíram os três conversando. A mãe do rapaz queria saber como havia sido o passeio, porém o Pastor evitou maiores detalhes, dizendo apenas que sentira que Ígor também queria deixar o vício.

XIV

O Pastor olhou demoradamente para Frederico. Via-se tentado a aceitar o desafio. Essa alma era-lhe muito cara. Se Deus o atendesse, ganharia essa alma. Pouco lhe importava a saúde, porém a alma do amigo era-lhe cara. As manchas no rosto e na calva jamais o incomodaram. Preocupava-se, às vezes, contudo jamais pensara em pedir a Deus que as tirasse do seu corpo, contudo sentiu o desejo de que ali mesmo, diante do amigo, as manchas desaparecessem, pois sabia que Frederico se converteria. Era tentador, contudo lembrou-se de Satanás tentando o Senhor: "Se tu és o Filho de Deus, lança-te de aqui abaixo; porque está escrito: que aos seus anjos dará ordens a teu respeito; e tomar-te-ão nas mãos, para que nunca tropeces em alguma pedra."

Frederico percebeu que havia jogado o Pastor em conflito. Ele sabia que o Pastor estava disposto a tentar. Quis incentivá-lo, porém, por escrúpulo, decidiu não o pressionar. Depois de alguns minutos sem que nenhum dos dois tomasse a iniciativa de falar, o Pastor sentou-se, deixou escapulir um sorriso de vitória e falou:

- Frederico, qual a sua opinião sobre os afeminados?

Frederico ficou surpreso, embora tenha entendido o sentido do sorriso. Viu-se tentado a não permitir que fugissem do assunto, porém há muito vinha querendo discutir a homossexualidade com o Pastor.

- Pastor, a sexualidade do ser humano extrapola a classificação de masculino e feminino. Há indivíduos que almejam pessoas do mesmo sexo.

- Você acha normal?

- Os homossexuais, quer sejam do sexo masculino ou feminino, não são aberração da natureza, Pastor. São seres absolutamente perfeitos, contudo só serão felizes ao lado de pessoas do mesmo sexo.

- Estou trabalhando com um grupo dessas pessoas. Há momentos que penso que estamos errados quando dizemos que são pessoas desviadas do caminho do Senhor. Chego a pensar que se trata de perversão, porém sinto a necessidade de discutir o assunto com quem pensa de forma livre, como você. As discussões que tive com alguns Pastores, e até mesmo com alguns Padres, levaram-me sempre para mesma direção: são ovelhas desgarradas.

Frederico encostou mais a cadeira para que conversassem em voz baixa, pois Carolina estava próxima. Ele percebeu que o Pastor estava constrangido e que desaparecera dos seus lábios o sorriso vitorioso que escorregara havia pouco. Imaginou que o assunto deveria estar atormentando o santo homem, caso contrário não o puxaria no momento, até mesmo porque o Pastor era contundente quando criticava os desvios aos ensinamentos religiosos.

- Por que escondeu de mim que está trabalhando com esse grupo?

— Muitas vezes quis introduzir o assunto nas nossas discussões, contudo sentia-me embaraçado. Tenho orado muito para saber se devo continuar esse trabalho. No início, pensava o tempo todo em Sodoma e Gomorra, contudo hoje me sinto confuso. Quanto mais trabalho com eles, mais fico em dúvida se são realmente pervertidos.

— Quantos há no grupo?

— Cinco. Em Cabo Frio, um irmão da Igreja confessou-me que sentia atrações por outro homem. Fui duro com ele, exigindo que deixasse a Igreja ou a perversão. Depois de muitos sacrifícios, ele deixou a Igreja. Não tive consciência do que havia acontecido. Na realidade, achei que tinha perdido aquela alma pra Satanás. Dois anos depois que cheguei a Vila Velha socorri um rapaz que queria suicidar-se. Na véspera, comecei a sentir a sensação de que alguém desejava a minha ajuda. No segundo dia, na parte da tarde, recebi um telefonema. Era o rapaz. Pediu-me que fosse encontrá-lo, pois estava disposto a se suicidar. Nos encontramos na praia. Ele estava vestido de mulher, havia pintado os lábios, as unhas do pé e da mão. Disse-me que iria se matar, pois queria ser mulher. — O Pastor baixou a cabeça e Frederico temeu que Carolina se aproximasse, pois todas às vezes que ela sentia que o irmão levava a pior nas discussões, intrometia-se na conversa para defendê-lo. Na realidade, era para defender a Igreja, pois ela achava que o marido, mesmo sem levar a sério suas ideias filosóficas, quando discutia com Cândido, procurava atacar a Igreja.

- Há também mulheres nessa situação. Alguma dessas já o procurou?

- Em Cabo Frio, fiquei sabendo que uma irmã que tinha ido passar as férias, havia assediado outra irmã. Como não teve êxito, deixou de ir à Igreja. Você acha que não se trata de perversão?

- Amigo, precisamos de padrões morais, contudo muitas vezes esses padrões cegam nossos olhos.

- Seja mais claro, por favor! – O Pastor estava atento às palavras de Frederico, o assunto o preocupava muito. A sua sensibilidade levava-o a desconfiar de que a Igreja tratasse do assunto de forma superficial, como havia dito Frederico. Esses jovens não demonstravam sinais de que estavam sob a influência de Satanás. Ele já os conhecia bem e sabia da luta que travavam para dominar essas preferências.

- O homossexualismo sempre esteve presente na história da humanidade, Pastor. Quando os padrões sociais são mais liberais, tem-se a impressão de que esteja tomando conta da sociedade. Na Grécia, em Roma e certamente em Sodoma e Gomorra alcançou proporções alarmantes.

Percebendo que os dois homens estavam conversando em voz baixa, Carolina aproximou-se querendo saber por que cochichavam. Frederico mostrou-se irritado com a intervenção dela e pediu que fizesse um café, contudo ela fez-se de desentendida e permaneceu querendo saber o que tanto falavam em voz baixa.

- Seu irmão está relatando a experiência que está tendo com um grupo de homossexuais. Embora esteja ganhando essas almas para o Senhor, sente-se vexado com o trabalho.

- Júlia falou-me a respeito. Ela também está confusa. Lembrei-lhe que o Cristo não veio para os que estão salvo, mas para os que vivem nas trevas. Essas pessoas precisam passar pela experiência da salvação.

Cândido sentia-se em dúvida se deveria continuar. Percebeu que a irmã expressava o entendimento que tinha a Igreja sobre o assunto. Esperou ansiosamente que o cunhado dissesse alguma coisa.

- Carolina, você sabe que vejo esse assunto de outra forma. Essas pessoas até podem passar pela experiência da conversão, contudo não conseguirão sufocar as exigências da sua sexualidade. Poderão se mostrar arrependidas no seio da Igreja, mas, intimamente, sentir-se-ão sufocadas e reprimidas. É a Igreja que tem de mudar.

- Veja, Pastor, os pensamentos deste meu marido! Este homem vive fora da realidade. Embora seja um homem de princípios rígidos, quando dispara a filosofar aceita tudo. Sinto pena dessas pessoas, porém acho que o Pastor não deve ir além do que está fazendo. A Igreja jamais os aceitará sem que passem pela experiência da conversão e deixem o vício.

- Pastor, Carolina tem razão: a Igreja não os aceitará como são. Também não se sentirá disposta a examinar essa questão do ponto de vista humano. Ficará aferrada a velhos preceitos de que são pessoas pervertidas e que, portanto, devem deixar seus vícios do lado de fora da Igreja. Se você fosse Pastor de uma grande Igreja e se fosse visto dentro da denominação como um homem culto, dotado de grandes conhecimentos livresco, certamente conseguiria alguns discípulos para empreenderem essa cruzada, contudo você quis ser Pastor dos humildes. Acho que seria uma temeridade iniciar esse debate dentro da Igreja. Contente-se com o que está fazendo. Ame essas pessoas como são, pois já estará dando muito de si.

XV

Na quarta-feira, à tarde, o Pastor e Antoniel foram para periferia na busca de novas almas para o Senhor. O rapaz ficou sabendo do passeio que o Pastor tinha feito pelo morro com o viciado e tinha ficado preocupado. Três horas, quando Cândido o chamou, ficou alegre. Passou a mão nas Bíblias que havia separado para distribuir e correu para a Igreja. Quatro horas, pegaram o ônibus.

Ele ainda não havia se acostumado com o traje do Pastor. Sentia-se envergonhado. Queria sugerir que Cândido tirasse o paletó e que deixasse o guarda-sol no apartamento, porém não tinha coragem. Depois de algum tempo, perguntou:

- Pastor, será que as pessoas não se sentirão intimidadas com esse traje?

- Não, meu jovem! Certamente me acharão engraçado, contudo não posso expor-me ao sol. Mais tarde entenderão que a minha pele é fraca. Aqui mesmo na Igreja, os irmãos fazem troça, contudo se habituarão.

Quarenta minutos depois, saltaram. O Pastor abriu o guarda-sol e saíram caminhando naturalmente. Antoniel sentia-se desconfortável, pois estavam sendo motivo de curiosidade e até mesmo de risos. Abordaram algumas pessoas, contudo falaram amenidades, pois nessas horas o Pastor pedia informações e mostrava-se pouco disposto a iniciar a pregação. Uma hora depois estavam exaustos, pois o calor era imenso. Cinco e meia, quando já estavam dispostos a retornarem, entraram em um bar para tomarem água.

- Irmão, poderia nos arranjar dois copos d'água. - Cândido tinha se dirigido ao dono do bar que os olhava com curiosidade.

- A água está gelada, porém é da torneira. - Entregou um litro e dois copos. Os dois foram sentar-se a uma mesa, perto a um grupo de cinco pessoas que bebiam e falavam em voz alta. Uma mulher ligeiramente tocada pela bebida olhava com insistência pra eles.

- Pastor, este ambiente não é bom, é melhor nos apressarmos. - Cândido deixou escapulir o sorriso singelo.

- Nada disso, irmão, é aqui que vamos jogar nossa rede. – Embora Cândido tenha falado em voz baixa, a mulher ouviu. Com o copo na mão, ela falou em voz alta:

- O senhor é o Enviado? - O homem que estava ao lado dela repreendeu-a.

- Não, porém fui enviado pra dizer que Ele está vivo e que nos ama. - Diante da resposta e da forma cândida com que respondeu, o silêncio tomou conta do bar. Em seguida a mulher começou a rir, sendo acompanhada pelo homem que estava do lado dela.

- Amigo -, falou o homem que se mostrava mais sóbrio - desculpe a brincadeira. Vocês são Evangélicos?

- Sim, irmão! Pertencemos à Igreja Batista.

- Sentem-se aqui conosco. - Antoniel mostrava-se aborrecido. Olhava contrariado para a mulher que se mantinha rindo e fazendo gracejos. O Pastor pegou o chapéu, o guarda-sol e arrastou a cadeira. Fez sinais para que Antoniel fizesse o mesmo.
- Aceita um refrigerante? - Insistiu o homem.
- Aceito, o calor aqui é muito grande.
- Vocês não são daqui, estão procurando alguém?
- Sou Pastor. Fui convidado pra guiar os jovens da Igreja. A cidade é muito bonita, porém ainda não me acostumei com o calor. Vim aqui pra jogar a minha rede e pescar homens para o nosso Deus. - O homem que estava ao lado da mulher olhou pra ela e deu uma gargalhada. Outro homem que havia levado o copo à boca, depois de tomar um gole da bebida, cuspiu para o lado e falou:
- Não é possível! O senhor vai jogar a rede aqui no bar?

Cândido colocou a mão sobre o ombro de Antoniel, tentado deixá-lo mais à vontade. Pegou o copo com guaraná, tomou um gole e respondeu sorrindo:

- É aqui mesmo que vou atirá-la. O homem que procura a salvação encontra-se em toda parte. Quando jogamos a rede mesmo em lugares como este, às vezes nos surpreendemos, pois conseguimos pescar homens que mais tarde se tornam seguidores do Cristo. O senhor vai ficar mais surpreso ainda. Entrei neste bar atendendo a um chamado. É natural que a pessoa não queira se revelar, contudo estou pronto a ajudá-la.

A mulher fechou a cara, encheu o copo e o bebeu de uma só vez. O calor era grande. Ela passava a mão na testa como se quisesse refrescá-la. Queria ridicularizar o Pastor, contudo sentia certo temor. Às vezes olhava para os homens, esperando encontrar estímulo para gracejar, porém eles olhavam com respeito para o Pastor. O dono do bar mantinha-se atrás do balcão. Embora quisesse intrometer-se na conversa, continha-se. Seis horas, o Pastor convidou Antoniel para retornarem. O jovem, apesar de mostrar-se mais comunicativo, olhava a mulher com desprezo, pois pressentira que ela tentara expô-los ao ridículo.

- Pastor, o senhor podia nos visitar com mais frequência. Aqui no bairro não há Igreja e as crianças estão sendo criadas sem orientação. - Até então esse homem se mantivera calado. Ao proferir essas palavras, atraiu sobre si a atenção do grupo.

- Pronto -, interrompeu a mulher - aí está o peixe que o Pastor queria pescar. - Os outros riram, porém mostraram-se tolerante.

- Irmão, virei aqui todas as semanas. Gostaria de começar um trabalho com a comunidade. Se me ajudar, iniciaremos na próxima semana. - Diante do gracejo da mulher, o homem manteve-se calado.

- João, se você topar, ajudaremos o Pastor. Estamos criando nossos filhos na rua. Há muita violência na rua, é necessário fazer alguma coisa. Pastor, conte comigo, vou ajudá-lo!

Cândido colocou o chapéu na cabeça, meteu a mão no bolso do paletó e tirou alguns pedaços de papel no qual havia escrito seu nome, endereço, telefone e um salmo. Distribuiu aos homens. Quando entregou à mulher, ela o amassou, colocou-o na boca e a seguir bebeu a cerveja que estava no copo. A atitude causou espanto, contudo diante do sorriso meigo do Pastor, começaram a rir.

- Sábado à noite não tenho nada a fazer - disse Cândido dirigindo-se ao homem que havia manifestado o desejo de ajudá-lo. - Se vocês quiserem, virei para conversarmos sobre nosso Pai. Ele nos ama e certamente estará entre nós.

Depois de combinarem o local do encontro, o Pastor sugeriu que fizessem uma pequena oração.

- Aqui no bar? - Perguntou a mulher, mostrando-se irritada.

- Aqui mesmo! - Os homens olhavam atentamente para o Pastor. Já não conseguiam rir das suas palavras e sentiam vontade de atender ao convite. Um deles convidou os outros a ficarem de pé. Depois, disse ao Pastor:

- Seja breve, este lugar não é próprio. - Cândido tirou o chapéu, baixou a cabeça, fechou os olhos e fez a breve oração: "Pai, estenda tua misericórdia sobre nós. Com esses homens começaremos nosso trabalho nesta comunidade. Tome conta de nossas vidas e faça de nós instrumentos de fé. É em nome de teu filho que te pedimos, amém!"

Quando acabou de proferir essas palavras, a mulher cuspiu no chão e o amaldiçoou três vezes.

- Mulher, ainda hoje conhecerás o poder de nosso Pai. – Cândido recolocou o chapéu na cabeça e estendeu a mão para cumprimentar os que ficavam. A mulher não estendeu a mão e cuspiu novamente. Ele foi à mesa próxima, pegou a garrafa com água e a entregou ao dono do bar. - Irmão, você saciou nossa sede, nós saciaremos a sua. Junte-se a nós no sábado. Em vez de ofereceres água aos homens, oferecerás a salvação eterna.

Da mesma forma que entraram no bar, atraindo a atenção de todos, saíram e foram na direção do ponto de ônibus. Antoniel tinha ficado surpreso com as palavras do Pastor e com a reação da mulher. Queria fazer perguntas, contudo manteve-se calado, esperando uma oportunidade. Logo que chegaram ao ponto de ônibus, foram alcançados pelo dono do bar.

- Pastor, o senhor tem que voltar comigo. A mulher está deitada no chão, não sabemos se está morta.

Antoniel voltou-se para o Pastor e viu que ele estava calmo. Percebeu que seu olhar era manso. Pegou no braço dele e murmurou, baixinho:

- Estou com medo! Vamos embora daqui, vamos pegar um táxi, tenho o dinheiro.

O Pastor colocou a mão no ombro do homem que estava aflito e que esperava a resposta.

- Irmão, ela acordará desse sono outra pessoa. Ela está salva, pois conheceu em vida a salvação. - Logo que terminou de proferir essas palavras, o ônibus parou e eles entraram. O dono do bar voltou correndo. Quando chegou ao bar, a mulher estava sentada no chão.

Antoniel pegou com firmeza no braço de Cândido e perguntou o que estava acontecendo, contudo ele já estava com a Bíblia aberta, lendo um salmo. O rapaz levantou-se e pediu ao motorista que parasse, pois queria descer. Logo que o ônibus parou, saiu correndo para o bar. Outras pessoas já haviam se aproximado e contemplavam a mulher sentada no chão. Um dos homens se aproximou dele e o aconselhou sair imediatamente. Antoniel pegou um táxi e saltou na praia. Ficou caminhando a esmo sem compreender o que havia acontecido. Tentou ligar várias vezes para a Igreja para falar com o Pastor Josué, porém ninguém atendia. Uma hora depois, foi ao apartamento do Pastor Cândido.

- Pastor, a mulher não estava morta! O que está acontecendo? - Diante da calma de Cândido, perguntou: - Você a puniu pelas blasfemas que proferiu?

Cândido pediu que ele sentasse. Depois de alguns segundos, sentou-se de frente para o rapaz. Olhando-o nos olhos, disparou a falar:

- Antoniel, está escrito: "A punição é minha e eu retaliarei."

- Então foi você?

- Homem nenhum tem esse poder. A retaliação cabe a Deus. Ela estava possuída pelas forças do mal e Deus a resgatou.

Ela foi perdoada. Será outra pessoa. Estou tão assustado quanto você, irmão, contudo é necessário entender que ali se operou um milagre. Eu também estou querendo entender a mensagem contida naquele sono profundo, mas ela foi transformada. Quando ela engoliu o pedaço de papel, tive a impressão de que lutava contra o Senhor. Quando cuspiu, vi nos seus olhos que estávamos diante de uma pessoa possuída pelo demônio.

- O trabalho está prejudicado. O homem do bar me enfiou no táxi como se quisesse me proteger da fúria das pessoas. Estou com medo!

Cândido colocou a Bíblia sobre a mesa e tirou a camisa. Com a toalha de rosto, enxugou o peito que estava escorrendo suor. Antoniel olhou atentamente para o corpo magro e sentiu que a pele frágil cobria os ossos apenas para que não ficassem totalmente expostos. Via-se com nitidez as costelas e os ossos do braço. A sensação de vômito que teve no Seminário invadiu-o novamente, levando-o a virar-se de costas pra não ver o esqueleto.

Depois que Antoniel saiu, Cândido foi ao banheiro. Diante do espelho, começou a procurar as pequenas manchas pretas no rosto. Na altura do pescoço havia uma do tamanho de uma moeda. Com a unha, raspou um pouco, encostou-se mais ao espelho e viu pequenas gotículas de sangue. Pegou o tubo de pasta de dentes, espremeu e, com o dedo, espalhou o creme sobre a mancha. Espremeu novamente e cobriu duas pequenas manchas na calva. Em seguida, com a Bíblia na mão, sentou-se na sala e se entregou à leitura. Na realidade, sentia-se aborrecido com os acontecimentos.

Ele achava que havia entrado no bar considerando-se o Enviado e que induzira aquelas pessoas a verem-no deste modo. Lembrava-se dos conselhos do Pastor José e de suas admoestações quando assumia o ar de escolhido. Aborrecido, concluiu que o trabalho que queria fazer no bairro poderia ser comprometido. Mentalmente ele via a mulher engolindo o pedaço de papel, cuspindo e ele dizendo: "Mulher, a mão de Deus descerá sobre a tua cabeça..."

Dez horas da noite, bastante cansado, depois de tomar uma xícara de chá com duas bolachas de água e sal, foi pra a cama. Algumas vezes quis telefonar ao Pastor José, porém recuava, achando que o Mestre iria repreendê-lo pelo que havia feito. Minutos depois, o telefone tocou:

- Pastor José, estou feliz com sua ligação. Achei que já fosse tarde. Deixei pra ligar amanhã.

- Filho, passei o dia preocupando, achando que você estivesse com algum problema. Voltou a se encontrar com aquele rapaz drogado?

- Encontrei um ponto de apoio para iniciar a amizade. Pedi que ele me ensine a surfar, em troca o ensinarei a orar. Sei que é um ponto frágil, contudo espero fortalecê-lo com as orações, mas no momento minhas preocupações são outras. Acho que o desobedeci.

- É sobre aquele nosso assunto particular?

- Sim, Pastor José. Comecei errado meu pastorado. Hoje fui fazer um trabalho na periferia e acabei assumindo o papel de enviado. - O velho homem sentiu que ele estava chorando.

- O que aconteceu, irmão?

- Depois de andar quase duas horas, sem conseguir estabelecer qualquer relação com as pessoas com quem conversávamos, tive a impressão de que estava sendo chamado em um bar. Havia cinco pessoas bebendo. Uma mulher passou a nos ofender. Embora a situação estivesse controlada, acabei cedendo às provocações dela.

- Filho, agora entendo as minhas preocupações. Você não pode sair pelo mundo repreendendo e julgando. Aqui no Seminário não damos essa orientação. Teve mais alguma coisa?

- Foi horrível, Pastor José! Quando ela cuspiu, disse-lhe que a mão de Deus iria pesar sobre ela. Já havíamos saído do bar quando um homem foi nos avisar que ela havia desmaiado. Ele pediu que eu voltasse, contudo respondi que ela acordaria, mas que seria outra pessoa, pois havia passado pela experiência da salvação.

- Meu Deus! Você já contou essa história ao Pastor Josué?

- Não, mas amanhã a Igreja saberá, pois eu estava acompanhado pelo irmão Antoniel, um daqueles jovens que foram até aí. Ele está tão assustado que não conseguirá manter o segredo. O senhor conhece meu coração e sabe o tanto que desejo ser um bom apóstolo.

- Irmão, você deve conversar logo com o Pastor Josué. Ele não pode saber dessa história através desse rapaz. Vá agora mesmo a casa dele.

A conversa de Cândido com o Pastor Josué foi tensa e desgastante para ambos. O Pastor mostrava-se decepcionado, pois achava que o jovem Pastor estava se desviando de seu objetivo na Igreja, que era o de cuidar dos jovens. Cândido esforçava-se para mostrar que estava cumprindo com suas obrigações, pois se dedicava inteiramente aos jovens, contudo o compromisso com a obra de Cristo o impelia a ir além. Reconhecia que havia se excedido e iria corrigir esses erros, contudo continuaria desenvolvendo sua obra missionária na periferia.

XVI

Frederico passou um ano e dois meses na prisão. Durante esse tempo Carolina esteve ao lado dele. A família fez pressão no início, principalmente o Pastor Cândido, contudo, diante da determinação dela, acabaram aceitando o namoro, achando que Deus havia entregue essa vida em suas mãos.

Quando ele foi preso, pensou em reagir, contudo conteve-se. Os dois sargentos que efetuavam a prisão mostraram-se atenciosos, o que o levou a concluir que tinham poucas informações sobre suas atividades clandestinas.

Na prisão, ele foi colocado em uma cela bem pequena. Havia apenas o estrado que servia de cama e o vaso sanitário. Frederico percebeu que até então seu relacionamento havia sido com os homens que efetuaram a prisão. Certamente seu caso não estaria sendo considerado grave, caso contrário teria sido interrogado imediatamente. Alguns minutos depois de colocado na cela, ele ouviu a voz de outro preso que estava na cela ao lado:

- Frederico, você está bem?

Pela primeira vez ele sentiu medo. Quem seria essa pessoa? Como sabia seu nome? Seria realmente outro preso político ou um policial fazendo-se passar por preso?

- Como sabe meu nome? Quem é você?
- Fábio. Sou preso político. Você foi torturado?
- Não.

- Eles saíram pra prender alguém chamado João. - Frederico sentia calafrios. O preso tinha se encostado na grade e falava voltado para o corredor. Confiaria nele ou se manteria calado? Fábio fez outras perguntas, contudo Frederico ficou calado. – Vou passar um cigarro. Sei que você está desconfiado, mas no início é assim mesmo.

Frederico sentia o corpo tremer. Como acreditar? Por que fazia tantas perguntas? Certamente havia algum guarda no corredor e estaria ouvindo a conversa. Minutos depois ele pressentiu que Fábio havia subido nas grades e que balançava uma revista amarrada em um barbante.

- Frederico, pode pegar a revista. Não há ninguém no corredor.

Ele estendeu a mão e pegou a revista que balançava como se fosse um pêndulo. Embrulhados na revista havia três cigarros e uma caixa de fósforos. Ele acendeu o cigarro e ficou folheando a revista. Percebeu um número em uma palavra, passou mais uma página e viu outro número sobre outra palavra. Foi folheando e viu que várias palavras estavam numeradas, colocou os números na ordem crescente, porém não fez sentido, colocou na ordem decrescente, também não fez sentido. Daí a pouco Fábio falou novamente:

- Estamos nas piores celas, elas ficam perto do Comando. Embora se fique sabendo o que os guardas estão fazendo, não se tem sossego, principalmente quando disparam a contar piadas. Eu nasci no dia treze de julho de 1949. E você, quando nasceu?

Frederico achou estranho. Disse a sua idade e permaneceu calado. Fábio também se manteve calado. De repente ele intuiu que a data de nascimento de Fábio poderia ser uma sequência. Colocou as palavras dentro da sequência 13071949 que era a data de nascimento de Fábio. Ficou pálido, pois as palavras formaram a seguinte frase: "Lúcio, há dois companheiros de sua organização aqui". Incontinente, Frederico arrancou as páginas que tinham os números, colocou-as no vaso e deu descarga. Viu-se tentado a puxar conversa com Fábio, contudo sentiu medo. Uma hora da madrugada ainda estava acordado quando ouviu várias vozes. De repente sentiu que estava no próprio inferno. Um homem de voz metálica gritava: "Terrorista miserável, vou comer seu fígado! Vai falar ou quer ir para a sala do terror?"

Os sons eram de espancamento, seguidos de gemidos. Frederico sentou-se na cama tentando entender o que estava acontecendo. As vozes eram muitas e o homem de voz metálica falava mais alto. Logo a seguir ouvia-se o gemido da vítima. Daí a pouco o homem da voz metálica grunhiu: "Leva esse filho da puta para o pau!"

As vozes foram desaparecendo. Fábio colocou a boca na grade e falou em voz baixa: "Frederico, pegaram o tal João. Ele foi levado para a sala do terror, vai ser torturado."

Minutos depois a voz dilacerante de um homem cortou o silêncio do presídio. Os gritos eram horríveis. Frederico sentia pavor e ódio. Segurou firme nas grades e ficou ouvindo os gritos penetrarem no seu ouvido. Os que passaram pela mesma experiência da tortura sentiam o corpo tremer.

O homem da voz metálica era um Sargento. Tinha quase dois metros de altura e pesava mais de cem quilos. Até mesmo seus colegas tinham medo dele, pois se tornara uma verdadeira fera enlouquecida.

Quinze dias depois que estava na prisão, Frederico conheceu Fábio. Depois de recluso esses dias na pequena cela, quando foi avisado que iria tomar banho de sol, ficou apreensivo, pois certamente iria encontrar-se com os dois companheiros que estavam presos. Ele já sabia quem eram essas pessoas, pois Fábio já o havia informado através das mensagens codificadas. Certamente havia pessoas infiltradas entre os presos e se Frederico fosse reconhecido teria a situação agravada.

Quando Frederico foi colocado no pátio pra tomar banho de sol, os demais presos já estavam no local. Eram muitos, pois os presos comuns haviam sido colocados no pátio. Depois de olhar demoradamente, Frederico deu alguns passos. Acenou com a cabeça para alguns e procurou com a vista os dois companheiros. Lá no fundo, viu Felipe, um jovem de dezoito anos que havia sido preso alguns meses antes. Felipe piscou o olho esquerdo e olhou na direção de outro jovem. Frederico seguiu o olhar e deparou-se com o olhar de Luciano que também evitou cumprimentá-lo. O rapaz tinha apenas dezessete anos e havia sido preso por ter sido delatado por Felipe que não havia suportado a tortura. Luciano deixou escapulir um leve sorriso pelo canto dos lábios e se manteve conversando com outros dois presos.

- Frederico, sou Jaime. Nossas conversas devem ser rápidas, aqui dentro há pessoas infiltradas, contudo é necessário demonstrar que somos revolucionários e que a luta continua. Fiquei sabendo que lhe denunciaram, contudo eles não devem saber quem é você, caso contrário o tratamento seria outro – Jaime saiu e foi conversar com outro preso. Um jovem alto, branco, magro e de boa aparência. Frederico reconheceu que se tratava de Jeová, um dos líderes de outra organização. No meio das esquerdas, falava-se da violência a que Jeová havia sido submetido, embora os jornais não houvessem publicado nada a respeito da prisão dele. Jeová andava com as pernas abertas. Quando tinha sido torturado, quebraram-lhes as duas pernas. Frederico viu-se tentado a se aproximar, contudo Jaime olhou-o com gravidade.

Depois de quatro meses na prisão, Frederico ia ser solto. Durante esses meses relacionara-se pouco com os companheiros para que não suspeitassem, porém faltando uma semana para ser colocado em liberdade, foi preso um soldado do Exército que confessou que fazia parte de uma organização terrorista. Esse soldado revelou que o chefe da organização se chamava Lúcio. Diante de um álbum de fotografias, o soldado reconheceu Frederico como sendo Lúcio, o chefe da Organização.

De madrugada, Frederico foi retirado da cela pelo sargento que tinha a voz metálica. Ele pousou a mão sobre o ombro esquerdo de Frederico e disse: "Seu merda, fez a gente de palhaço esse tempo todo!"

Duas horas depois, Frederico foi colocado de volta na cela. Estava desacordado. Assim como no caso de João, seu grito havia quebrado o silêncio do presídio.

XVII

No dia seguinte ao desmaio da mulher, ainda aborrecido com o rumo que o assunto tinha tomado, Pastor Cândido passou a manhã e a parte da tarde entregue à oração. Recebeu dois jovens que o procuraram para saber o que havia acontecido. O jovem Pastor sentia-se aborrecido porque Antoniel havia exagerado na descrição dos acontecimentos. Cinco horas da tarde, Júlia conseguiu levá-lo pra praia.

Dona Catarina, a mãe de Ígor, estava sentada na toalha, olhando para o morro. Um pouco distante estava o homem sentado na cadeira de praia. Com impaciência, ele já havia olhado várias vezes para o calçadão. Era como se esperasse alguém muito importante. Quando ele viu o Pastor se aproximando, cobriu os braços com a toalha e fechou os olhos, fingindo que estivesse dormindo. A mãe do rapaz estava aflita. Quando ela viu o Pastor e Júlia, levantou-se para cumprimentá-los.

- Foi Deus quem os enviou. Ígor está muito nervoso, acho que se drogou ontem à noite. - Cândido colocou a mão sobre o ombro dela e encostou a cadeira para que ela sentasse.

- D. Catarina, tenha calma! - Disse Júlia, segurando as mãos da pobre mulher. O Pastor percebeu que os olhos dela estavam vermelhos.

- D. Catarina, seu filho vai deixar as drogas!

- O senhor vai fazer o milagre?

- Não tenho poder para fazer milagres, contudo vou ajudá-lo. Ígor quer livrar-se da droga. Precisa de ajuda e sou a ajuda que ele necessita, mas teremos que percorrer um caminho longo até que ele conheça o Cristo. Fique tranquila, já começamos a caminhada. Satanás não desistirá facilmente. Vou preparar Ígor pra enfrentá-lo.

Depois que a mulher se acalmou, Ígor chegou com a prancha. Júlia ficou encantada com a beleza do rapaz. Sem cumprimentá-los, ele foi sentar-se próximo ao Pastor.

- Se quiser, teremos hoje a primeira aula - falou olhando para o mar.

- Claro, Ígor! Hoje vou subir nessa prancha. - Cândido levantou-se rapidamente e começou a tirar os sapatos e a calça. O rapaz deixou escapulir um sorriso irônico, achando graça do calção largo e das pernas finas do Pastor. Diante de tanta curiosidade, o santo homem vacilou em tirar a camisa.

Júlia sentiu que ele estava um pouco envergonhado e o incentivou a deixar a camisa. Ígor deu um salto, exibindo sua agilidade juvenil, pegou a prancha, convidou o Pastor e foi caminhando na direção do mar. Quando Cândido ia passando próximo ao homem que estava com os braços coberto, ele fez um sinal como se quisesse dizer alguma coisa. Cândido parou perto dele, cumprimentou-o, contudo ele virou a cabeça para o outro lado, evitando encará-lo.

- O senhor me chamou? - Perguntou Cândido, tentando olhá-lo nos olhos, porém o homem virou a cara para o outro lado. Quando Cândido ia se retirando ele falou com ódio:

- Afasta-se desse rapaz, ele já tem dono!- Antes que Cândido respondesse, Ígor o puxou pelo braço com certa violência.

O Pastor queria voltar, pois sentira uma sensação estranha, porém Igor o puxou para a água. Uma onda grande se aproximou. Ígor jogou a prancha por cima da onda e mergulhou para pegar a prancha. O Pastor continuou caminhando na direção da onda. O impacto da água o derrubou e o arrastou de volta. Sentado na prancha, Igor ria do pobre homem.

Ígor resolveu ajuda-lo. Deu algumas explicações e o Pastor conseguiu ultrapassar o local onde as ondas quebravam. Igo o colocou sentado na prancha.

- Ígor, isto é maravilhoso! Sem seus braços fortes eu não conseguiria. Você é bom mesmo, irmão! Assim como você me conduz neste mar revolto, vou conduzi-lo na vida.

Ígor deixou escapulir um sorriso irônico, puxou fortemente o bico da prancha, colocando-a na direção da praia. Quando uma grande onda se aproximou, fez peso na parte traseira de modo que o bico da prancha ficasse levemente suspenso e a empurrou pra frente da onda. Quando Cândido deu-se conta do que estava acontecendo, estatelou-se na água e foi coberto pelas espumas. Tentou ficar de pé, mas foi coberto pela água. Depois de beber muita água, conseguiu levantar-se.

- Ótimo, Pastor! Da próxima vez salte fora antes da onda quebrar.

Cândido quis aborrecer-se com o rapaz, pois sentiu que ele se divertia, contudo lembrou-se do gesto que ele tinha feito quando desceram do morro. Levantou a mão direita espalmada e a levou na direção do rapaz. Igor espalmou também a mão e a levou para frente até que se tocassem.

- Agora, tenho que lhe retribuir. Pegue a prancha e vamos fazer uma oração. - Ígor ficou sério, quis recuar, contudo obedeceu. Os dois sentaram-se na areia. Discretamente, o Pastor fechou os olhos e, em voz baixa, clamou: "Senhor, Ígor me conduziu na áua, ajude-me a conduzi-lo na vida. Afaste esse jovem das drogas, é o que peço neste momento."

Acabado a oração, Ígor pegou a prancha e se atirou no mar. Cândido o acompanhou por alguns momentos e foi encontrar-se com as duas mulheres. Ao passar perto do homem, lembrou-se de que ele havia dito alguma coisa.

- O senhor queria falar comigo? - O homem o olhou com dureza.

- Afaste-se desse rapaz. Ele tem dono. - Júlia já estava de pé com a toalha, contudo quando viu o Pastor conversando com o homem, achou melhor esperar.

- Irmão, por que tanto rancor?

- Estou lhe avisando, este rapaz já tem dono. - Levantou-se rapidamente, fechou a cadeira, jogou a toalha sobre o ombro e olhou gravemente para o Pastor. Cândido sentiu o corpo tremer.

Ainda tentou segui-lo, contudo ouviu a voz do Pastor José dizendo: "Não faça isso, meu filho, mantenha-se afastado desse homem, você ainda não está preparado para enfrentá-lo." Quando o homem subiu no calçadão, olhou pra trás. Cândido ainda estava parado no mesmo lugar. Júlia percebeu que algo de grave estava acontecendo. Adiantou-se levando a toalha.

- Pastor, o que está acontecendo?

- Aquele homem, você notou que ele está sempre aqui perto?

- Já tinha observado. Aconteceu alguma coisa? - Cândido conteve-se, embora achasse que deveria relatar o ocorrido. A mãe de Ígor se aproximou, estava tão feliz que não tinha percebido a preocupação dos dois.

- Pastor, o senhor está conquistando meu filho. É a primeira vez que ele mostra interesse por alguém. Fiquei com pena quando o senhor caiu daquele jeito. Apesar das risadas que ele deu, observei que estava preocupado.

- Senhora, lá no morro ele mostrou-se preocupado com a minha fraqueza. Estamos construindo uma sólida amizade, contudo teremos que vencer muitos obstáculos. As drogas são artifícios de Satanás. A primeira consequência é a dependência. Seu filho é um dependente. A senhora tem que se fortalecer, busque a Igreja!

Os três permaneceram conversando até seis e meia. Depois que o Pastor fez uma breve oração, despediram-se, ficando a mulher olhando para o filho que cavalgava as ondas, dominando-as com extrema facilidade.

No sábado, a Igreja mostrava-se preocupada com o Pastor líder dos jovens. Os irmãos mais idosos aproximaram-se dele para saber se continuava disposto a voltar ao bairro em que havia acontecido o incidente. Quando ele confirmou a disposição de voltar ao bar, ficaram preocupados. Tentaram dissuadi-lo.

Na parte da tarde, o Pastor juntou-se aos jovens. Quando fez a oração, pediu que Deus o acompanhasse naquela missão. Antoniel disse que não o acompanharia, pois não queria deixar o Pastor Josué contrariado. Júlia colocou-se ao lado do Pastor Cândido, mostrando-se disposta a acompanhá-lo.

Quinze para as oito, os dois estavam parados na calçada do bar, esperando que alguma daquelas pessoas que estivera no bar aparecesse. Cândido vestia o terno azul marinho e mantinha na cabeça o chapéu de feltro dado por Júlia. Oito horas, o dono do bar foi pra calçada. Ao reconhecê-lo, disparou:

- Homem de Deus, desapareça daqui! Com esse chapéu, o senhor será reconhecido. Todos acham que o senhor jogou uma praga naquela mulher. - O Pastor pegou no braço do homem e murmurou em voz baixa:

- Meu bom homem, estou aqui pra trazer a palavra de nosso Pai. Não sou nenhum malfeitor para andar escondido. Onde estão os outros?

- Que outros? O senhor não encontrará uma só pessoa para ouvi-lo e corre o risco de ser apedrejado. Vão embora! - O

Pastor disse que estava decidido a iniciar a pregação ali mesmo na calçada. Quando ia começar, apareceu o homem que lhe pedira que retornasse.

- Pastor, eu sabia que o senhor voltaria, mas não podemos ficar aqui. João e Pedro estão nos esperando - os três saíram conversando. Paulo, o dono do bar, entrou apressado. No recinto, havia apenas três homens bebendo, ele temeu que tivessem visto o Pastor. Depois de certificar-se que não haviam percebido nada, disse-lhes que tinha de fechar a casa mais cedo, pois teria de cumprir um compromisso. Logo que fechou o bar, saiu em busca do Pastor.

Na praça, encontraram João e Pedro. Eles ainda estavam assustados, contudo mostravam-se decididos a seguir o Pastor. João os conduziu para um beco deserto e mal iluminado.

- Pronto, Pastor, aqui estaremos seguros, pode começar a pregação, queremos ouvir a mensagem.

- Este lugar é para os malfeitores. Não se acende uma vela para colocá-la debaixo de um aparador. Vamos pra Praça, lá é nosso lugar. Talvez sejamos apedrejados, contudo temos que correr o risco. - Júlia segurou no braço dele, voltou-se pra João e concluiu:

- Irmão, Pastor Cândido tem razão, se começarmos por este lugar, estaremos dando motivos para que pensem que somos pessoas das trevas. Vamos pra luz, nosso Deus tem um plano pra nós. - Os homens estavam temerosos, contudo diante da confiança de Júlia aquiesceram.

Na pequena Praça havia algumas pessoas. O Pastor escolheu um lugar e colocou-se junto a um poste de luz para que pudesse ler. Abriu a Bíblia e leu alguns salmos. Duas mulheres se aproximaram. Um velho que estava sentado em um banco levantou-se e ficou ouvindo à distância. Depois da leitura, Cândido fechou o livro. Olhou para as mulheres e percebeu que elas estavam examinando atentamente seu modo de vestir-se.

"Irmãos"-, o Pastor começou a pregar - "desde que cheguei a este bairro tenho ouvido um clamor que vem das casas. Esse clamor quer ouvir a Palavra e estou aqui para pregá-la. Sou um pastor protestante. Trago a boa nova: aquele homem que morreu na cruz, no monte das caveiras, está vivo! Ele venceu a morte e está sentado à direita do Pai. Um dia estaremos diante de sua face e tanto os vivos como os mortos terão que prestar contas do que fizeram nesta vida. Deus estará sempre do nosso lado, ajudando-nos e perdoando nossas fraquezas. Não estou aqui para repreendê-los, mas para ajudá-los na travessia para a vida eterna. Não quero atar mais peso a vossas vidas, pois a minha missão é aliviá-los desses pesos, contudo não terei êxito se permanecerem com os corações fechados."

O velho aproximou-se e se colocou ao lado de Paulo. Dois jovens pararam e olharam com interesse a figura do Pastor que acabara de tirar o chapéu e abrira a Bíblia para ler mais alguns versículos. Júlia fez sinal para que eles se aproximassem, contudo mostraram-se desconfiados. Fizeram sinal com o dedo, recusando o convite. Depois que o Pastor encerrou a leitura, fechou o livro novamente, recolocou o chapéu na cabeça e pediu que Júlia fizesse um solo. Ela cantou um hino. Outras pessoas se aproximaram. O Pastor dirigiu-se à plateia e perguntou se queriam fazer perguntas. O velho suspendeu a mão timidamente.

- Pastor, quem ouve o senhor falar desse jeito, há de pensar que é fácil seguir por esse caminho. Eu mesmo já tentei muitas vezes, contudo sempre fracasso. Neste bairro, em cada esquina há um bar. - Antes que o Pastor respondesse, Paulo falou.

- Só se consegue o Céu com sacrifícios, meu velho! Quem não se afastar dos bares terá que prestar contas no dia do juízo.

- Se for assim, poucos o seguirão -, replicou o velho, olhando para o Pastor. - Um dos rapazes começou a rir e disparou:

- Eu mesmo não vou. Até que gosto dos crentes, mas esse negócio de deixar de beber não está comigo, talvez o faça quando estiver na idade desse velho. Trabalho a semana toda na fábrica e se não tomar uma geladinha no sábado é como se não tivesse descansado.

O Pastor tirou o lenço e enxugou o suor que escorria pela face. Júlia mostrou-se impaciente, querendo argumentar, contudo quando percebeu que Cândido aprovava as intervenções, manteve-se calada, esperando que ele dissesse alguma coisa. Uma das mulheres olhou de soslaio para o rapaz e disparou:

- Acho que no céu não há lugar para os novos, eles não querem deixar de beber e de fumar. É preciso fazer sacrifícios, será que você não entende que esse homem quer salvar sua alma?

- A minha não -, respondeu o rapaz - não sou nenhum bandido, mas gosto de tomar uma cerveja, ora essa! - A mulher queria retrucar, contudo olhou para o Pastor, esperando que ele dissesse alguma coisa. Diante do silêncio, o Pastor interveio:

- Irmãos, gostaria de repetir o que disse há pouco: não estou aqui para aumentar suas dificuldades. Não estou pedindo a ninguém que deixe de beber. - Dirigindo-se ao rapaz: - Veja, meu rapaz, sou tão jovem quanto você, porém não necessito de uma geladinha pra descansar no fim de semana. A irmã Júlia é jovem e também não necessita, mas não gostaria de conduzir nossa conversa por esse rumo. Deus está vivo e nos ama. Não deixe de ouvir nossa pregação pelo fato de gostar de beber uma cerveja no fim de semana. Não somos capazes de alterar um só dia de nossa existência. O que estou pedindo é que me ouçam. Tenho uma mensagem pra você: Deus está vivo, irmão!

O Pastor permaneceu dialogando por mais de uma hora. Todas as vezes que percebia que alguém queria atar fardo nas costas dos outros, repreendia com firmeza. Fez isso até mesmo com Júlia quando ela disse que seria necessário desprezar os prazeres da vida.

Acabada a reunião, ele apertou a mão de um por um, tendo sempre uma palavra de esperança. Ele havia percebido que o velho não tinha ficado de todo satisfeito por não ter exigido que os jovens deixassem o vício. Quando o cumprimentou, sussurrou-lhe no ouvido: "Meu bom homem, seja mais tolerante com as fraquezas humanas. Olhe o rosto dessas pessoas, veja como são sofridas. Ajude-me a semear um pouco de fé no coração dessas pessoas. Se conseguirmos, estarão salvas e não precisarão mais beber." O velho pegou a mão do Pastor e ficou olhando as pequenas manchas pretas. Quando quis levá-la aos lábios, o Pastor interrompeu-o, beijando-lhe o rosto.

XVIII

Seis meses depois do trabalho iniciado na Praça, a pequena semente começou a germinar. A pequenina planta que surgia era frágil. As condições miseráveis do bairro agiam negativamente sobre a fé daquelas pessoas. Durante o culto improvisado, os homens enchiam-se de fé e se arrependiam de seus pecados, contudo, durante a semana, retornavam aos bares e ali tentavam esquecer suas misérias.

João, Paulo e Pedro passaram pela experiência da conversão, tornando-se líderes e trabalhando incansavelmente para ganhar novas vidas. Nos fins de semana, quando viam os bares cheios, vacilavam achando que estavam jogando suas pérolas aos porcos, porém bastava conversarem um pouco com o Pastor para se encherem de fé novamente e reconhecerem que o rebanho crescia a cada quarta-feira.

Pastor Cândido, com o chapéu na cabeça e a Bíblia na mão, olhava pacientemente seu pequeno rebanho. Havia momentos que sentia pena dos homens, contudo reagia e procurava alimentá-los com a Palavra.

A cura de uma criança paralítica das pernas provocou uma enxurrada de conversões, aumentando o fascínio que o pastor Cândido exercia sobre os fiéis. O desmaio da mulher no bar foi lembrado, porém já não se falava em punição, mas na recuperação daquela alma que se achava perdida nas trevas do vício. O Pastor evitava falar sobre o caso, contudo, uma vez outra, dizia que fora apenas um instrumento da vontade de Deus.

    O milagre ocorreu vinte meses depois que o Pastor tinha chegado a Cabo Frio, ou seja, dois meses após o casamento dele com Júlia. Não obstante o empenho dele com os jovens da Igreja, ele jamais deixou de atuar na periferia. Ele sabia que alguns membros da Igreja não aprovavam o trabalho que ele fazia.

    Lucinha vivia em uma cadeira de rodas desde os doze anos. A primeira vez que a mãe da criança participou do culto na Praça do pequeno bairro, saiu de lá impressionada com a figura terna do Pastor. No dia seguinte, na hora do almoço, ela relatou à filha que depois do culto o Pastor a havia procurado e que tinha dito as seguintes palavras: "Mulher, teu sofrimento está chegando ao fim. A tua filha será um instrumento na mão do Senhor." A criança quis saber como era o Pastor. Depois da descrição, ela revelou para a mãe que nos últimos dias vinha sonhando com ele.

    A pobre mãe e a criança viram nas palavras do Pastor uma esperança. Às quartas-feiras, quando a mãe chegava da Praça, repetia o sermão para a filha. A criança havia nascido boa das pernas. Na infância, ela passava parte do dia brincando na rua, próximo à linha férrea que cortava a pequena cidade onde moravam. Um trem cargueiro passava lentamente pela cidade, conduzindo uma fileira de vagões com minério de ferro. Nessas horas, as crianças ficavam aborrecidas, pois o trem interrompia as brincadeiras. Em represália, elas jogavam pedras nos vagões.

Algumas vezes, quando o trem se aproximava apitando seguidamente, os meninos mais corajosos ficavam parados sobre os trilhos, como se quisessem fazê-lo parar. Outras vezes, davam-se as mãos, dois a dois. Um ficava de costas para os trilhos e o outro de frente. O que ficava de costas, deixava o corpo cair para trás até a altura do lugar em que os vagões deveriam passar. Os braços ficavam retesados e os corpos inclinados.

Quando o trem estava bem próximo, quase atingindo a criança que estava com o corpo inclinado, a outra recolhia os braços, puxando rapidamente a que seria atingida.

Lucinha e uma colega resolveram imitar os meninos. Ela segurou firme a mão da outra criança, pois teria que puxá-la quando o trem estivesse próximo, contudo não teve força suficiente. A locomotiva bateu na cabeça da criança, jogando-a sobre os trilhos. Lucinha entrou em estado de choque, passando muitos meses em depressão, pois se sentia culpada por não ter puxado a colega. Traumatizada, deixou de andar. Seis meses depois, na ânsia de esquecer o acidente, a pobre mãe mudou-se para Cabo Frio.

A criança tinha sofrido uma espécie de bloqueio, esquecendo-se do que tinha ocorrido. A mãe, para não provocar mais sofrimentos à filha, escondeu o ocorrido dos novos vizinhos. Dois anos depois, Lucinha ganhou uma cadeira de rodas em um programa de televisão. Aos quinze anos, voltara a ser uma criança alegre, porém quando lhe perguntavam se tinha nascido paralítica, confirmava que sim.

Lucinha insistia com a mãe que queria ser levada à presença do homem que tinha os olhos da cor da água do mar. Dizia nessas horas: "O Pastor vai me curar."

Judite, a mãe da criança, vendo a angústia da filha e acreditando que o Pastor seria um enviado, relatou os sonhos da filha a um vizinho que se prontificou a ajudá-las.

Quando o pastor Cândido viu Judite, experimentou a sensação de que algo especial aconteceria envolvendo essa pobre mulher. Relatou a Júlia que quando havia dito que o sofrimento de Judite estaria chegando ao fim, as palavras saíram de sua boca sem que ele tivesse consciência. Depois desse dia seu estado de espírito foi-se alterando, deixando-o reflexivo e sem apetite.

Júlia tinha aprendido a identificar essas sensações especiais que o Pastor experimentava. Ela havia percebido que alguns dias antes de o Pastor realizar um ato extraordinário, ele ficava muito sensível e passava a se alimentar de forma precária, algumas vezes abstendo-se de alimento, jejuando.

Quando os Jovens da Igreja de Cabo Frio foram ao Seminário na busca de um Pastor para conduzir os jovens da Igreja, Cândido encontrava-se jejuando. O mesmo tinha acontecido quando se deu o primeiro encontro com o jovem Ígor e com o homem que ouvia atentamente quando conversavam na praia. Logo que o Pastor se mudou para Cabo Frio, Júlia começou a perceber que ele passava por momentos especiais e que, nesses momentos, abstinha-se de alimentos sólidos. Ela queria falar com ele a respeito dessas observações, mas continha-se.

Duas semanas antes do milagre, Júlia percebeu que algo de estranho estava acontecendo. Percebeu que o Pastor se mostrava silente, que estava recusando alimentar-se e que queria ficar sozinho. Ela não sabia que algo extraordinário iria ocorrer, contudo sentia as alterações no comportamento do Pastor. Cândido percebeu que Júlia estava preocupada e que se mostrava atenta ao comportamento dele. Na hora do jantar, ele disse:

- Irmã, sou um escolhido! - Júlia perdeu a cor. Olhou demoradamente para ele e só depois de alguns minutos respondeu:

- Pastor, sei que você foi escolhido para nos conduzir. Porém essas palavras deixam-me preocupadas.

- Irmã, não sei como lhe explicar, contudo sinto que fui escolhido para ser um instrumento na mão de nosso Pai. Algumas obras serão realizadas por mim, porém serei apenas o instrumento.

- O Pastor está falando de milagres?

- O nome não importa, irmã, contudo sinto que vou operar uma obra transformadora na vida de duas pessoas. Aquela mulher será transformada. A graça do Senhor alcançará a filha dela. Você está assustada, porém é necessário ter fé.

Na manhã seguinte, o Pastor tomou apenas uma xícara de leite. Na hora do almoço, comeu uma fruta e tomou outro copo de leite. Júlia ficou aflita. Perguntou então se ele queria comer algo especial, contudo ele respondeu que iria abster-se de comidas mais sólidas enquanto estivesse sentindo aquela sensação. Quase no fim da semana, os sinais da abstinência tornaram-se visíveis. Cândido emagreceu um pouco, a face e as mãos ficaram mais pálidas. Alguns irmãos perceberam, principalmente Antoniel que não parava de observá-lo atentamente. No sábado, quando chegaram da Igreja, ela falou:

- Pastor, alguns irmãos me perguntaram o que está acontecendo. Eles acham que você não está bem de saúde. Eu não quis dizer que você está se abstendo da alimentação. Certamente a notícia se espalhará na Igreja. Que devo dizer?

- Diga-lhes que estou bem e que estou fazendo uma dieta. O momento está próximo, logo voltarei a me alimentar normalmente.

- Que momento é esse, Pastor?

- Não sei, irmã. Mas estou certo que a filha daquela mulher deixará a cadeira de rodas.

- A filha dela está em uma cadeira de rodas? A filha dela é aleijada?

- Não sei ao certo, Júlia. Ontem tive a impressão que ela trazia a filha em uma cadeira de rodas. Acho que a obra de Deus será realizada nessa criança.

Na quarta-feira em que foi realizado o milagre, o Pastor acordou mais tarde. Júlia caminhava pela casa com o chinelo que ganhara de presente de casamento. Ela não queria acordá-lo.

Dez horas, quando ele saiu do banheiro, com a barba feita, ela olhou assustada: estava a pele sobre os ossos. O pouco de carne das maçãs do rosto havia desaparecido. Ela passou carinhosamente a mão na face dele e sentiu pena. Quis chorar, contudo controlou-se. Cândido deixou escorrer o sorriso carinhoso.

Na Praça, logo que acabou o culto, algumas pessoas aproximaram-se de Júlia. Ela estava aflita e não queria afastar-se do Pastor. Às dez horas, quando já se despediam, eis que surgiu a mãe empurrando a cadeira de rodas. O Pastor pegou no braço de Júlia para que ela parasse. Observando que a mulher tinha dificuldades para empurrar a cadeira, pois havia uma ligeira elevação, ele pediu que Pedro a ajudasse.

Eles haviam parado debaixo de um poste. O Pastor tirou o chapéu e entregou-o juntamente com a Bíblia para Júlia. Pedro empurrou a cadeira até colocá-la próxima ao Pastor. Este curvou o corpo e pegou nas duas mãos da criança. A mãe, cheia de esperanças, falou: "Pastor, esta é a minha cruz!" Cândido deixou escorrer o sorriso suave. A criança, olhando nos olhos dele, falou: "Pastor, vejo a luz saindo dos seus olhos. Seus olhos têm a cor da água do mar. O senhor vai me curar!"

Cândido retesou o corpo, afastou-se um pouco da cadeira, estendeu as duas mãos e falou para a menina: "Filha, levante-se dessa cadeira!" A jovem pegou firme nos braços da cadeira, fez força e se levantou. As pessoas que estavam em volta, ficaram atônitas.

Lucinha mordeu os lábios, pois a dor era insuportável, contudo permaneceu de pé. O Pastor a encorajou: "Venha comigo, eu sou a luz!" A criança deu dois passos à frente até alcançar as mãos dele. O Pastor afastou-se um pouco mais e repetiu: "Caminhe! Você está curada." A Jovem caminhou um pouco mais até alcançar as mãos dele novamente. A mãe ajoelhou-se e foi seguida por muitas pessoas. Júlia começou a chorar e se abraçou com a criança. Passados alguns segundos, o Pastor pegou o chapéu e a Bíblia da mão de Júlia. Olhando para a mãe da criança, murmurou: "A tua filha está curada!"

XIX

Mesmo na Igreja de Vila Velha, o pastor Cândido nunca teve um salário digno do trabalho que fazia. Como Pastor Assistente da Igreja de Cabo Frio, ganhava um pouco mais de dois salários mínimos. Na Igreja de Vila Velha, um pouco mais de quatro, mesmo assim levava uma vida sem privações. Ele costumava dizer que o pastor não devia sentir-se constrangido a dizer que vivia às custas do seu rebanho.

Embora nunca tivesse pedido nada aos fiéis, sempre recebera ajuda, principalmente nas horas de necessidade. Uma das ajudas mais substantiva que teve ocorreu quando nasceu seu primogênito. Quinze dias antes do parto, Júlia fez o balanço das economias e constatou que não tinham nada, pois o pouco que haviam juntado tinha sido usado na compra do pequeno enxoval.

Olhando pra Júlia que tricotava pacientemente um agasalho para o bebê, ele disparou: "Querida, o dinheiro só dá para o berço, porém acho melhor não comprá-lo. Certamente precisaremos pra outras despesas." Júlia percebeu que ele estava preocupado. Respondeu-lhe, então: "Acho que vamos ganhar um berço antes do neném chegar. Irmã Lurdes perguntou se já havíamos comprado." Ele riu, porém ela sentiu que ele continuava preocupado com a falta de recursos naquele momento. Antes de se deitarem, o telefone tocou. Era um empresário de São Paulo.

- Pastor Cândido, é Walter.

- Que alegria, irmão! Como vai a família?

- Ótima! Pastor, estou telefonando para saber o número de sua conta bancária. Amélia quer mandar uma ajudazinha pra vocês. Quando o neném vai chegar?

- Irmão, Deus tocou seu coração! Nos próximos dias nosso primogênito estará chegando. Diga à irmã que a ajuda está chegando no momento oportuno, nosso Pai retribuirá.

Dois dias depois, o dinheiro estava na conta. O irmão havia depositado dois mil reais e alguns dias depois chegaram pelo correio algumas dúzias de fraldas.

Walter havia-se convertido ao protestantismo quando passava por um momento de desespero. O casal tinha ido passar as férias em Cabo Frio. Por obra do acaso, ele conheceu o Pastor Cândido na praia.

Era uma tarde de domingo. O Pastor estava sentado em um banco, debaixo de uma árvore, esperando que o sol se pusesse um pouco mais para fazer o passeio pela praia. Um pequeno pássaro pousou em um galho bem próximo e disparou a sacudir as penas como se tivesse acabado de tomar banho. Cândido achou que o pequenino pássaro seria portador de uma mensagem. O pássaro voou para a praia.

Como se tivesse entendido a mensagem, o Pastor colocou o chapéu e seguiu o pássaro. Eram seis horas, quase não havia pessoas na praia. Mais para a direita, ele viu três pessoas. Tomou então a decisão de ir até lá. Quando estava bem próximo, percebeu que se tratava de um assalto. O assaltante queria que Walter andasse em direção ao mar, pois tencionava matá-lo pelas costas. Na realidade, o homem pretendia livrar-se de Walter para violentar Amélia. Quando o Pastor se aproximou do assaltante, este apontou a arma na direção dele. Bastante sério, Cândido falou:

- Irmão, quando o filho de Deus foi crucificado no Gólgota, tinham dois ladrões crucificados ao lado dele. Um arrependeu-se e entrou no reino do céu naquele mesmo dia; o outro permaneceu nas trevas e no dia do juízo final prestará contas por tudo de errado que fez aqui. - O ladrão ficou tenso diante da coragem do pequeno homem que se colocara entre ele e a vítima que estava com água na cintura.

- Sai da frente se não quiser morrer também! - Amélia e Walter estavam paralisados.

- Irmão, jogue fora essa arma! Olhe bem pra mim, sou um pastor protestante. Vá embora deste lugar! – A arma estava apontada para a cabeça do Pastor. O homem puxou o gatilho. O tiro não saiu, puxou novamente e mais uma vez o tiro não saiu – Desesperado, o assaltante pegou o revólver pelo cano, suspendeu a mão para dar uma coronhada na cabeça do Pastor.

- Desgraçado, vou acabar com tua vida!

Cândido virou o rosto para se proteger, mas antes que a arma batesse na cabeça dele, ouviu-se um disparo. O ladrão assustou-se e olhou para a arma. Quando percebeu que o tiro quase o atingira, largou a arma e saiu correndo. Walter e Amélia converteram-se ali mesmo na praia. Na véspera da viagem de retorno a São Paulo, batizaram-se e deram testemunho do que havia acontecido naquela tarde de domingo.

XX

    O jovem Pastor encontrou dificuldades para resgatar Ígor do vício, pois naquela idade realmente não estava preparado para lidar com drogados, contudo, convencido de que o rapaz queria deixar o vício, e amparado na fé, fortaleceu Ígor, levando-o a se afastar das amizades que exerciam sobre ele influências negativas e o atraíam para o vício.

    Porém a luta que o Pastor empreendeu para livrar das drogas o homem que se mantinha sempre nas proximidades, ouvindo suas conversas com o rapaz, foi realmente uma luta entre as forças do bem e do mal. O homem já estava totalmente dominado pelo vício e se convencera de que essa seria a sua sina. Não só estava disposto a carregar o fardo, como também se mostrava determinado a atá-lo nas costas dos jovens que encontrava nos bares e na praia. Não só vendia droga aos jovens, como também os incitava a roubarem e a matarem. Mas, em alguns momentos, ele sentia nascer lá no fundo de suas entranhas uma voz frágil que o incitava a rebelar-se. E era justamente essa voz frágil que chegava aos ouvidos do Pastor.

    O pobre homem não tinha consciência de que lá de dentro dele uma pequena chama de esperança lutava desesperadamente para não se apagar. Deste modo, embora sentisse vontade de se aproximar do Pastor, interpretava a voz como a necessidade de defender o seu negócio, lançando-se então contra o santo homem, querendo até mesmo aniquilá-lo. Quando ele sentiu que o pequenino homem trazia um olhar calmo e determinado, viu-se tomado por sentimentos diversos. Queria aproximar-se, pois sentia esperança, contudo achava que o Pastor fosse um inimigo poderoso.

Cândido jamais chegou a ter consciência dos riscos que corria. Embora tenha visto sair labaredas de fogo dos olhos do homem. Jamais se sentiu em dúvida se deveria conquistá-lo para o Senhor. Quando o Pastor José disse que ele deveria evitá-lo, pois não se encontrava preparado para enfrentar essas forças, Cândido, no seu íntimo, ouviu a voz que o acolhia nesses momentos.

Certa vez, quando ele viu sair labaredas de fogo dos olhos do homem, ouviu a voz do pastor José: "Filho, afaste-se desse homem!" Incontinente, Cândido repudiou mais uma vez o velho Pastor: "Afaste-se de mim, Satanás, tenho que cumprir a missão que me foi confiada pelo Pai!" Deste modo, embora sem saber ao certo o que teria de fazer, o jovem Pastor sentia que estava predeterminado a resgatar aquele homem das forças do mal.

Na semana seguinte àquela em que o homem havia ameaçado Cândido, mandando-o afastar-se do jovem Ígor, quando então teve a sensação de que saíam labaredas de fogo dos olhos dele, o Pastor teve a seguinte conversa com Júlia:

- Irmã, gostaria de ter a sua compreensão. Tenho sentido que não estou preparado para o mundo, contudo levo uma vantagem, pois sou um filho amado pelo Pai e ele me sustenta. Embora Pastor José me tenha aconselhado a manter-me afastado desse homem que está sentado ali, vou desobedecê-lo, pois sinto a voz do desespero que vem dele. Sinto também que essa é a minha missão.

- Pastor José é experiente e deve ter suas razões quando diz que você não está preparado para enfrentar essas forças. Dê um tempo!

Cândido olhou demoradamente pra ela e sentiu que não era a crente que estava falando, mas sim a mulher apaixonada que sentia receio de que pudesse acontecer o pior com o seu amado. Quis repreendê-la, contudo sentiu-se invadido pela alegria, pois reconhecera que ela o amava e que se preocupava com ele.

- Irmã, o homem que vai casar-se com minha irmã é um ateu. Ele está preso. Relutei muito a aceitar a decisão dela. Embora eu entendesse que poderia haver um propósito divino, encontrava-me preocupado em preservar minha irmã. Eu queria que ela se afastasse, mas ela estava apaixonada. Se não o amasse, eu mesmo a aconselharia a dar toda assistência ao rapaz, pois teria certeza que estaria cumprindo uma missão missionária e que lutava para conquistar aquela vida. Como ela estava apaixonada, não sabíamos se cumpria uma missão ou se apenas seguia a voz do coração. Acho que o mesmo se passa consigo. Sinto que as palavras que saíram de sua boca foram ditadas pelo coração de uma mulher apaixonada. Será que estou enganado?

Júlia corou. Baixou a cabeça, quis sentir vergonha e pedir desculpas por ter vacilado na fé. Levantou a cabeça e encontrou nos lábios de Cândido aquele sorriso irônico. Baixou a cabeça novamente e ao olhar mais uma vez para ele, percebeu que a ironia havia desaparecido e que dera lugar ao sorriso meigo, cheio de carinho.

- Realmente agora são as preocupações de uma mulher apaixonada que tomam conta de mim. Tenho receio de que lhe possa acontecer algo. Esse homem pode ser capaz de tudo.

Cândido estendeu as duas mãos pra ela. Avançou a cabeça para frente até que seus lábios tocassem nos lábios de Júlia. Ela corou mais uma vez, pois acabara de ser beijada na boca pela primeira vez. Quis entregar-se, contudo sentiu-se cheia de preocupações.

- Irmão, acho que vou sofrer! Sempre quis casar-me com um pastor, contudo agora me vejo frágil para ser essa esposa, principalmente de um pastor consagrado que certamente não medirá esforços quando se tratar de resgatar uma vida para o Senhor. Neste momento sou a irmã, contudo sou também a mulher apaixonada e não quero sofrer por esse amor. Não sei como conciliar, contudo não deixarei de sofrer.

No dia seguinte, seis horas da tarde, quando chegaram à praia, Júlia sentiu o corpo tremer. O homem olhava-os fixamente. O semblante dele era o pior possível. A barba estava por fazer, os cabelos espalhavam-se desalinhados pela testa e o olhar triste parecia suplicar ajuda. Ela pegou no braço de Cândido, tentando desviá-lo, contudo ele havia entrado naquele estado de contemplação e olhava para algumas gaivotas que voavam ao longe.

- Pastor, Pastor, vamos em frente.

Depois de alguns segundos ele olhou para o homem, afastou a mão de Júlia e andou rapidamente na direção dele. Júlia sentiu o sangue fugir. As pernas tremeram, sentiu um frio repentino, contudo percebeu que saía do seu íntimo uma força. Afastou-se rapidamente e foi sentar-se à distância. O Pastou parou diante do homem e disse amavelmente:

- Irmão, não é mais necessário sofrer! Você tem andado por caminhos tortuosos, contudo estou aqui pra ajudá-lo.

- Preciso de sua ajuda!

- Estou aqui pra ajudá-lo! – O homem olhava fixamente para Cândido e sentia que ali estava a própria luz. Levou as mãos aos olhos como se quisesse proteger-se, porém deixou os braços cair.

- Sou um homem perdido! Já não tenho controle sobre a minha vontade. O vício me consome.

XXI

O segundo milagre do Pastor Cândido foi definitivo. Convenceu até mesmo o principal Diácono da Igreja. A cura de Lucinha havia deixado dúvidas nos mais incrédulos e o próprio Diácono, na condição de médico, encarregou-se de mostrar à Igreja que a jovem Lúcia havia ficado traumatizada com o acidente da colega e que atribuíra a si mesma a culpa pelo ocorrido. "A cura realizada pelo Pastor poderia ter sido obtida por qualquer psicólogo, desde que a família tivesse recurso", concluía o Diácono quando alguém falava do milagre.

Embora definitivo, o segundo milagre também provocou manifestações diversas. Não obstante tenha ocorrido em praça pública, diante de muitas pessoas, e pudesse ser constatado depois, mesmo os que o assistiram divergiram na fé. Aliás, o Pastor Cândido antecipara à Júlia: "Irmã, uns se converterão, porém outros permanecerão nas trevas."

Vinte dias antes, o Pastor Cândido começou a sentir que Deus o preparava para mais uma missão. Aos poucos foi entrando naquele estado de calma e de contemplação, o que foi percebido por Júlia, sua dedicada mulher, e por Ígor, o jovem convertido. Júlia aprendera a ler no semblante do marido quando ele estava entrando nesse estado de calma. Logo que percebia, empenhava-se a deixá-lo totalmente desobrigado de tudo que dissesse respeito ao lar. Nessas horas, procurava servi-lo em silêncio, colocando discretamente ao seu alcance o que ele pudesse precisar, principalmente a alimentação.

O jovem Ígor também compreendeu a importância de que o Pastor ficasse inteiramente entregue ao pensamento nessas ocasiões. Deste modo, mantinha-se sempre por perto, tentando adivinhar as necessidades do Mestre. Quando o Pastor olhava vagamente para um pássaro, ou mesmo para uma pessoa que passava ao largo, observava atentamente as reações do querido Mestre. Esperava ansiosamente, pois sabia que mais tarde iria acontecer algo que surpreenderia a todos e que seria tomado como mais um milagre do santo homem. Depois de uma semana ao lado do Mestre, aproveitando-se de uma oportunidade, Ígor perguntou:

- Pastor, o senhor se encontra nesse estado há mais de cinco dias. Pode-se saber alguma coisa.

- Não sei qual o propósito do Pai desta vez. Sinto que ele me prepara, porém não sei do que se trata. Ontem sonhei que um homem muito sofrido estendia as mãos na minha direção e que eu ia ao encontro dele. Acho que o sonho está relacionado com esse meu estado.

Ígor quis insistir, contudo acabou contentando-se. Cândido foi até a pequena escrivaninha, pegou uma carta e mostrou ao rapaz. - Veja, meu jovem, esta é uma carta de Frederico. Ele diz que anda as voltas com os demônios dele.

O rapaz pegou o envelope, tirou a carta e começou a lê-la. Nos últimos anos o Pastor vinha dando conhecimento ao rapaz de sua intensa correspondência. O jovem sentia-se maravilhado com as discussões que o Pastor mantinha com pessoas de tendências tão diversas. Ígor era discreto e não relatava nem mesmo à mãe que estava tendo acesso à correspondência íntima do Pastor.

    - Pastor, foi Deus quem o colocou na minha vida. Naquela tarde, na praia, se em vez do senhor, tivesse sido Frederico a atirar a rede, certamente hoje eu seria um incrédulo. A mensagem que ele prega é muito sedutora, principalmente para uma alma perdida. Veja o que ele diz aqui: "Nesta vida, o homem não tem certeza de nada, aliás, tem apenas duas certezas: a que vai morrer um dia e a do dia que se passou. Mesmo o amanhã é uma eterna dúvida e para muitas vidas que se exaurirão hoje, ele nunca acontecerá!"

    - Você tem razão, meu jovem. Jamais me deixei seduzir por essa música, contudo reconheço que é sedutora. Felizmente esses assuntos estão restritos à meia dúzia de pessoas. Quando vou a Brasília, sinto prazer de vê-lo falar dessas ideias estranhas que são como folhas secas. Um dia foram verdes e viçosas, hoje se encontram atiradas ao chão e amanhã serão levadas pelo vento até que alguém as ajunte e as coloque no lixo. Quando muito, despertam a atenção desses indivíduos solitários que passam os dias lendo como se nada mais existisse a sua volta. Leia a seguir o que ele disse.

    Ígor correu a vista pela carta até chegar ao lugar onde havia interrompido. Sentia-se em dúvida se prosseguia.

Instintivamente sentia medo. Antes de recomeçar, abriu os olhos com avidez.

- Acho que o senhor está se referindo a esta passagem -, voltou a ler em voz alta: "O acaso reina absoluto sobre o Universo. Neste momento e em todo lugar, uma infinidade de seres estão deixando de ser um fenômeno e outros assumem essa condição até que a vida lhes seja tirada. E o pior é que a grande Vontade que os criou não verterá um só pingo de lágrimas por isso. Alhures, o choro das mães que perderam estupidamente seus filhinhos se confunde com a alegria das que estão dando luz a um novo ser. Não há dúvidas, Pastor, este é o mundo da confusão! Para um observador seleto, que o olha à distância, tudo que vê está mesclado da sua própria negação. O grito de dor da mãe chorosa se mistura com o sorriso da que está feliz pelo nascimento do filho; a dor do homem alcançado pelo câncer se confunde com a alegria do atleta; a esperança dos aflitos, com o desânimo dos fracassados. Nessas condições, amigo, não paro de me perguntar: que mundo é este?"

Os dois continuaram lendo e discutindo a carta de Frederico. Mais de dez anos haviam-se passado desde que havia recebido a notícia de que o cunhado havia sido preso por estar envolvido com a subversão. De lá para cá se empenhara intensamente a converter essa alma, contudo pouco avançara, embora reconhecesse que o cunhado amigo havia deixado de lado a filosofia materialista.

- Ígor, tenho fracassado na conversão de Frederico. Ele me ouve com atenção e até me estimula no meu pastorado, contudo continua trilhando o mundo das ideias na busca de uma filosofia que satisfaça seu espírito. Um dia ele encostará seu barco no Cristianismo e encontrará a paz que tanto busca.

- Então ele não conhece o Cristianismo?

- Conhece, contudo o vê apenas como mais uma filosofia criada pelo homem. Lê a Bíblia como se estivesse lendo um livro qualquer, sem colocar na leitura o coração. Às vezes discutimos algumas passagens, quando então reconheço que ele é um conhecedor da Palavra.

- Ele diverge em que, Mestre?

- Ele acha que o Cristianismo não compreende o ser humano e que estimula o espírito do rebanho.

- Do rebanho? Então ele está certo, Pastor. Sou uma ovelha. Gosto de fazer parte do rebanho e de ser conduzido pelo pastor. Não entendo seu desacordo, pois somos felizes em pertencer ao rebanho.

- Meu jovem, essas conclusões são enganosas. Esse homem refere-se a outro rebanho. Para ele, o Cristianismo ilude essas pessoas dizendo que um dia existiu um paraíso aqui na terra e que o perdemos por termos sido enganados por uma serpente. Ele acha que somos cruéis exigindo que se abstenham dos prazeres deste mundo em troca do paraíso na vida eterna.

- Ele é contra a Igreja?

- Ele reconhece a importância da Igreja. Percebe que o homem precisa ter um Deus e de uma casa para fazer suas orações. Ele sofre por essas pessoas, Ígor, e sente-se revoltado ao ver que muitos de nós, os fiéis, não praticamos a nossa fé segundo o que pregamos. Assim como o Cristo, ele chama essas pessoas de fariseus. Diz que são como túmulos caiados, brancos por fora, mas cheios de imundices. Reconheço que tem razão em alguns momentos, pois são poucos os fiéis que se comprometem realmente com a Palavra.

- Então ele está certo, Pastor!

- Tenha calma, meu rapaz! Quando Frederico diz que o homem precisa de Deus, ele se exclui.

O rapaz saiu confuso. Aprendera a admirar Frederico através do que dizia o Pastor e até mesmo das cartas, porém jamais parara para examinar a profundidade das colocações e para confrontá-las com o que dizia a Igreja. Sentia que amava Frederico, pois aprendera a amá-lo com o Mestre, contudo tinha medo dessas palavras.

"Por que não querer pertencer ao rebanho? Que mal havia em deixar-se conduzir pela mão segura do Pastor? Por que se rebelar? Por que não acreditar na promessa?"

O jovem Ígor estava cheio de dúvidas. No passado, quando repudiava qualquer esforço empreendido para convencê-lo de que o Cristo salva, era um jovem triste e vazio que vagava pelos bares altas horas da noite, fumando seu baseado em busca de algo que preenchesse aquele vazio. Contudo, na Igreja, encontrou o alimento que sua alma tanto buscava.

"Por que Frederico não alcançava na Palavra aquela paz que ele alcançou? Será que eram realmente diferentes?"

Quando Ígor saiu, o Pastor voltou a ler a carta do amigo, assinalando algumas passagens, pois pretendia pedir mais explicações. Desde que Frederico começara a falar da Vontade poderosa que criara a vida, o Pastor percebera que a Vontade se assemelhava ao próprio Pai. Passara, então, a pensar que Frederico estivesse a um passo de aceitar a existência de Deus.

Às vezes se aborrecia quando ele afirmava que a Vontade era insensível e que seu único objetivo era a vida, pouco se interessando com o sofrimento do ser que havia criado.

Depois de reler alguns pontos, guardou carinhosamente a carta. Fez uma breve oração, tomou um copo d'água, comeu um pedaço de pão e se entregou ao pensamento, buscando entender o que teria que fazer para que os homens acreditassem no Cristo.

Na semana do milagre, quarta-feira, o caniço vergou novamente e tocou na terra. Durante o café, o pastor Cândido fez a oração de praxe, agradecendo o alimento, e depois de comer a metade de um pão e de tomar meia xícara de chá, foi interrompido pelo filho mais velho.

- Pai, por que você não quer cumprir as ordens de nosso Pai? - Cândido olhou pra Júlia, baixou a cabeça como se estivesse envergonhado. Respondeu, então:

- Há momentos que tenho a impressão de que nosso Pai exige muito de nós.

- Pai, você pediria que eu carregasse nas costas a besta de Balaão? - A criança tinha um pouco mais de sete anos e se referira a velha kombi que o Pastor ganhara de um irmão. O Pastor tinha passado a chamar o carro por esse nome em razão dos problemas que o velho carro dava à família.

- Jamais lhe pediria, filho!

- Por quê?

- Por que estaria além de seu limite. Você não teria forças pra suportá-la. - Júlia e o Pastor entenderam que a criança não falava pelo seu próprio entendimento, pois era tão nova e nesses dias estivera envolvida com as brincadeiras. A criança colocou os cotovelos sobre a mesa e insistiu:

- Pai, Deus conhece seus limites. - O Pastor levantou-se e foi para o quarto. Júlia pediu ao filho que se apressasse, caso contrário chegariam atrasados à escola.

No quarto, o Pastor entregou-se à leitura. Lia alguns versículos e parava, quando então pensava nas palavras do filho. Depois de algum tempo, tentou levantar-se, contudo as forças falharam. Desmaiou e caiu pra frente, batendo levemente o rosto no pé da cama. Quando Júlia retornou, encontrou-o caído no chão. Uma hora depois chegaram o Pastor Josué e o Diácono.

Cândido recusou a medicação para a arritmia, dizendo que o desmaio havia sido fruto da fraqueza. Para tranquilizar os amigos, aceitou tomar um copo de leite com torradas. Quando regressavam para a Igreja, os dois homens conversaram a respeito do estado de Cândido.

- Pastor, temos que nos livrar do Pastor Assistente. Desde que assumiu as funções de líder dos jovens não tivemos mais sossego.

- Paciência, irmão! O Pastor Cândido é muito amado pela Igreja, principalmente pelos jovens. Realmente nos tem causado certos problemas, principalmente no que toca a doutrina. É possível a realização de milagres, mas admitir que nosso Pastor Assistente tenha esse poder é outra coisa. A Igreja seria invadida pelos aleijados, pelos cegos e por pessoas com toda espécie de doenças que viriam em busca da cura. Cabo Frio recebe muitos turistas, pessoas de alto poder aquisitivo. Essas pessoas estranhariam essa onda de misticismo. Realmente temos que acabar com essa história de milagres, contudo é necessário cautela. Ontem, conversei demoradamente com pastor José, colocando-o a par do que está acontecendo e do estado em que se encontra o pastor Cândido.

- O senhor acredita que ele nos ajudará? Foi ele mesmo que nos mandou esse Pastor.

- Comprometeu-se a encontrar outra Igreja para o pastor Cândido. Ele sempre quis que o Pastor ficasse no Seminário, mas o homem queria ter seu próprio rebanho.

Na quinta-feira, mais recuperado, pastor Cândido recebeu a visita de Ígor e de Antoniel. Quando os jovens chegaram, Cândido vestia uma bermuda que havia sido feita de uma calça velha que Júlia tinha cortado as pernas. Antoniel ficou surpreso com a magreza do Pastor. A sua reação foi diametralmente oposta à de Ígor que gostava de ver o Pastor sem camisas, quando então se admirava do seu corpo frágil. Nessas horas, quando ele abraçava o Mestre, apertava-o de encontro a seu corpo jovem, como se quisesse transmitir uma parte dos seus músculos ao pastor.

Antoniel sentiu a sensação de embrulho no estômago ao ver duas pequenas manchas cobertas com pasta de dentes, uma na calva e outra no ombro esquerdo. O ferimento provocado na testa estava coberto com esparadrapo. No peito esquerdo, via-se uma grande cicatriz formada pela extração de uma mancha do tamanho de uma moeda.

Júlia colocou na mesa uma jarra de suco de cajá, algumas pequenas bolachas de água e sal e os deixou conversando. Antoniel não conseguia comer, pois continuava com o embrulho no estômago. Depois de alguns minutos, desculpou-se e saiu.

No sábado à tarde o Pastor, Júlia e as crianças foram pra a Igreja. Depois de uma reunião com os jovens, quando então ficou acertado quem iria participar da cantata na Praça, o Pastor e Júlia aproveitaram pra ir a uma sorveteria que ficava perto da Igreja. Apesar de manter o regime alimentar dos últimos dias, Cândido sentia-se mais forte. Ele olhou candidamente para Júlia, pegou na mão dela e perguntou:

- Irmã, já pensou na possibilidade de a Igreja pedir que eu me retire? - Ela baixou a cabeça. Olhou para o sorvete que se derretia diante do forte calor e respondeu-lhe:

- Pastor, tenho pensado. Ainda alimento a esperança de que sejam complacentes conosco. Conheço os jovens da Igreja e sei que eles o amam. Certamente tentarão interferir no nosso sentido.

- O Pastor Josué e os Diáconos querem meu afastamento.

- Apenas três Diáconos pensam assim, os outros reconhecem o trabalho de evangelização na periferia, na praia e até mesmo no seio da Igreja.

- Mas mudarão de ideia com o que vai acontecer hoje à noite. Apesar de ficar manifesto o poder de nosso Pai naquela praça, eles aproveitarão para pedir o meu afastamento.

- O Pastor sabe o que vai acontecer?

- Tenho apenas uma vaga ideia. Na realidade estou com medo, pois não me sinto digno da missão. Convidei Pastor Josué, contudo ele respondeu com frieza. Disse que talvez nos acompanhe.

- Falou dessas preocupações com ele?

- Não, pois ainda tenho dúvida do que possa acontecer, embora pense que esteja relacionado com o homem cego dos sonhos que tenho tido.

Permaneceram falando sobre a possibilidade de que ele fosse dispensado pela Igreja. O Pastor lamentava por não ter feito alguns contatos de modo a garantir um lugar para onde pudesse ir, caso fosse dispensado. O trabalho que tinha desenvolvido com os jovens da Igreja era reconhecido pelas Igrejas vizinhas e certamente os jovens os receberiam de braços aberto.

À noite, na Praça, o pequeno coro cantava o hino 34. O Pastor estava com um terno azul marinho, que lhe ressaltava a brancura da pele. Enquanto o coral cantava, ele mantinha a calva coberta pelo chapéu. O calor era grande. De vez em quando ele metia a mão no bolso esquerdo do paletó, tirava o lenço e enxugava o suor que escorria pela face óssea. Olhava atentamente os irmãos chegando e os cumprimentava com um leve sorriso. Júlia regia o pequeno coral.

Nove horas, já era grande o número de pessoas. Pedro, Paulo e João estavam ao lado do Pastor. Os três haviam crescido na fé e se tornaram respeitados na comunidade. Do lado direito do Pastor estava o principal Diácono da Igreja, pois o Pastor Josué dera uma desculpa qualquer para não ir à Praça. Pedira então ao Diácono que fosse e que observasse com atenção as atitudes do Pastor Assistente, pois o mesmo havia se portado de modo esquisito, chegando até mesmo a insinuar que haveria de acontecer algo tão grandioso que converteria muitas pessoas. Apesar de tudo ter corrido bem até então, o Diácono mantinha-se atento, pois também se deixara possuir pela sensação de que algo iria acontecer. Nos intervalos dos hinos, o Pastor fazia pequenas pregações e pedia aos irmãos que ficassem mais próximo para ouvirem a Palavra. Pedro percebeu que o Pastor sentira uma espécie de calafrio. Aproximou-se e indagou:

- O Pastor está sentindo alguma coisa?

- Sim Pedro, o momento é chegado! O instrumento da fé já está pronto. Eis que já se encontra aqui um cego que será curado diante desta multidão. Mesmo assim, alguns não acreditarão e continuarão nas trevas. - Pedro estremeceu. Através de Ígor, tinha sabido que o Mestre havia se colocado em oração, como se estivesse se preparando para fazer um novo milagre. Correu rapidamente os olhos pela multidão em busca de uma pessoa cega. Não havia nenhum nas proximidades.

- Pastor, não vejo nenhum cego aqui.

- Ele já está aqui e o poder de Deus se manifestará nele.

O relógio de Pedro marcava dez horas e dez minutos. O pequeno culto havia acabado. Os mais assíduos se aproximavam para conversar com Júlia e com Ígor. Discretamente, Cândido olhava para a multidão, como se procurasse o cego. O Diácono acompanhava-o atentamente e já se sentia aliviado, pois tudo havia se desenrolado dentro da mais perfeita normalidade. O sermão do Pastor havia sido breve, pois ele se restringira a interpretar a passagem bíblica. Daí a pouco uma mulher se aproximou, puxando pela mão um homem cego. O Diácono e Pedro foram tomados pelo temor. Ficaram paralisados. Júlia estava mais distante, conversando com alguns jovens. Ígor e Antoniel haviam-se misturado na multidão, distribuindo os hinos que seriam cantados no sábado seguinte.

- Pastor, este é meu filho! Ele é cego. Ficou cego com quinze anos. Ele meteu na cabeça que o senhor vai curá-lo - disse a mulher que conduzia o cego. Ela tirou os óculos escuros do rapaz. O jovem estendeu a mão até alcançar o peito do Pastor. A seguir, foi suspendendo a mão até alcançar o rosto do Pastor. Levou então a outra mão e, com as duas, começou a tatear a face de Cândido.

- Durante esses anos esperei pelo senhor. Hoje, terei a luz! O senhor é o enviado?

- Não, filho! O enviado morreu na cruz e ressuscitou no terceiro dia.

- É o enviado para devolver-me a luz.

- Sou apenas um servo de nosso Pai.

O Diácono mantinha-se lívido de terror. Queria interromper o diálogo, contudo não encontrava forças. Olhava para o Pastor e para o cego, sem saber o que fazer. Em volta, as pessoas conversavam em voz alta, porém diante do pequeno grupo o silêncio era profundo. Pedro olhava atentamente para o cego, esperando pelo milagre, pois se dera conta de que iria acontecer. O Pastor levantou a mão. Levou os dedos indicador e médio da mão direita até a testa do cego.

- Filho, sou apenas um instrumento. A tua fé te conduziu ao Senhor. Tudo que for feito aqui é apenas para a honra e glória do Senhor. Está curado!

O homem levou a mão ao rosto e o Pastor tirou os dedos. Segundos depois, o homem tirou as mãos do rosto e disse: "Estou enxergando!" O Pastor saiu rapidamente, pegou o braço de Júlia e a conduziu para o ponto de ônibus. Apressados, no meio da multidão, passavam sem ser incomodados, era como se não os vissem. Quando estavam no meio da rua, um táxi parou.

- Pastor, estava a sua espera, vamos!

Quando a palavra milagre ecoou na praça, os dois já estavam no táxi. Seguiram para a praia. Júlia não fazia perguntas, mas sabia que o milagre havia acontecido.

A confusão tomara conta da Praça. O jovem agradecia a Deus por estar enxergando. A mãe chorava. O Diácono deu-se conta do que havia acontecido. Aproveitando-se da confusão, retirou da mão da mulher os óculos escuros. Ela estava tão feliz que não ofereceu resistência. Algumas pessoas queriam passar as mãos nos olhos do rapaz. Paulo duvidou. Pedro o recriminou dizendo que tudo havia acontecido ali, diante da vista deles. O Diácono negava e gritava: "Estão enganados, esse rapaz já chegou aqui bom da vista, a mãe dele é uma néscia. Ela é uma néscia! Não houve milagre algum. O Pastor retirou-se porque estava aborrecido com essa história de milagres."

Pedro o desmentia: "Não sei o interesse desse homem, porém o milagre aconteceu aqui perante nós. Os que estavam aqui assistiram a tudo. Este rapaz chegou conduzido pela mãe, usava óculo escuro. Quando ela tirou o óculo, vimos que ele não via nada." O Diácono gritava: "Então que ela mostre o óculo." A mulher repetia que o filho era cego e que havia sido curado. O Diácono replicava: "Estão mostre o óculo!" Em pranto, ela dizia: "Alguém o tirou de mim".

Ígor e Antoniel se movimentavam rapidamente pela praça. A confusão era generalizada. Muitos choravam e outros riam. Uns afirmando, outros negando. Pedro e Paulo, os discípulos do Pastor, aumentavam a confusão, pois divergiam. Embora ambos estivessem ao lado do Pastor na hora do milagre, divergiam na fé.

O Pastor e Júlia desembarcaram no calçadão, próximo a casa onde moravam. O motorista do táxi recusou-se a receber o dinheiro da corrida, alegando que o passageiro anterior havia pago o retorno. Depois de andarem alguns metros, Júlia perguntou:

- Pastor, o milagre aconteceu?

- Aquele homem está enxergando, irmã Júlia! Neste momento, naquela praça, há muita confusão. Dali sairão muitos crentes, contudo há aqueles que mesmo assim permanecerão descrentes e é por esses que temos de orar.

O Pastor sentia-se aliviado, pois nos últimos dias entregara-se completamente à sensação de que seria portador de uma ação de caridade do bom Deus. Júlia apertava o braço dele sobre seu corpo, querendo protegê-lo. Seguiram, então, para o lar.

Meia-noite, o Diácono bateu na porta da casa do Pastor Josué. Este ainda estava acordado. Ele não acreditava que o Pastor Cândido pudesse fazer milagres, contudo haviam acontecido coisas tão estranhas desde que o Pastor tinha chegado a Cabo Frio que, embora não acreditasse, desconfiava que pudesse acontecer algo nesse dia.

- Dr. Júlio, aconteceu alguma coisa?

- Foi horrível, pastor Josué! Temos que tirar esse homem daqui o mais rápido possível. Nossa bela cidade vai ficar cheia de leprosos, de cegos, de aleijados e de toda espécie de defeituosos. É necessário agir antes do amanhecer.

- Santo homem, aconteceu alguma coisa?

- O milagre! Ele fez um cego enxergar.

- Não é possível!

- É possível sim. Eu estava ao lado dele e vi que o homem não enxergava. O Pastor Cândido passou a mão e disse: "Você está curado!" Quando tirou a mão, os olhos do homem se abriram. Eram os olhos mais negros e mais brilhantes que já vi em toda a minha vida e será a minha perdição, pois aconteceu diante de mim e terei que negá-lo até a morte.

- Se ele fez o milagre, não há o que negar, irmão!

- Temos que negar, Pastor! Cabo Frio será invadida por todo tipo de gente. A pequenina Praça se transformará em ponto de peregrinação. Temos que negar, Pastor! Nem mesmo a Igreja suportará um novo Cristo!

- O senhor tem certeza que houve o milagre?

- Aqui está a prova! - Meteu a mão no bolso do paletó e tirou o óculo. - O rapaz chegou com este óculo. Na confusão, arranquei-o da mão da mãe do cego para que ela não usasse como prova.

- Logo aqui nesta cidade! Meu Deus, por que aqui em Cabo Frio? Telefone agora mesmo para a Diretoria da Igreja, o senhor tem razão. Antes do dia amanhecer, temos que tomar uma decisão.

Duas horas depois a Diretoria e o Conselho Diaconal da Igreja de Cabo Frio estavam reunidos, ouvindo o depoimento do Diácono. A dissenção estabeleceu-se na Diretoria e no Conselho Diaconal.

Havia os que exigiam que se proclamasse o milagre; havia os que exigiam que se negasse; e havia os que exigiam que o pastor Cândido fizesse os milagres na Igreja.

Predominou o interesse pela Cidade. Quando o sol começou a iluminar a bela praia de Cabo Frio, a Diretoria e o Corpo Diaconal da Igreja já haviam decidido pelo afastamento imediato do Pastor Cândido.

XXII

Quando Cândido e Júlia chegaram ao apartamento, era onze e meia. Ele ligou para o pastor José.

- Filho, estava preocupado! Correu tudo bem.
- O milagre foi feito.
- Como?
- Falei para o cego: você está curado. Quando tirei as mãos do rosto dele, os olhos estavam abertos. - Pastor José ficou atônito. Ele sempre ensinara aos alunos que todos os dias o Senhor fazia milagres. Ouvindo seu aluno dileto dizer que o Cristo havia curado um cego, mostrava-se atônito. Mesmo para o pastor José, o Pastor Cândido havia passado dos limites.
- Pastor José, terei que deixar a Igreja de Cabo Frio.
- Já tem pra onde ir?
- Se o Seminário mantiver aquele convite, ficarei com o senhor até que uma Igreja me convide. - Pastor José ia confirmar o convite, contudo refletiu.
- Filho, sua presença aqui no Seminário pode gerar confusão. Por mais que a Igreja de Cabo Frio tente esconder essa história, ela acabará chegando aqui e você será endeusado e odiado. Haverá a discórdia nesta casa. Você entende, filho?
- Entendo, Mestre! - Pastor José estava embaraçado e queria desculpar-se, porém Cândido o acudiu. - Não se preocupe, concordo com o senhor, um milagreiro levaria a discórdia aos

seminaristas. Vou passar uns tempos com a família em Brasília. Júlia vai ser mãe mais uma vez, ela queria que a criança nascesse aqui nesta bela cidade. Paciência, vamos em frente!

Quando Cândido desligou, ficou pensando em Frederico. Seria bom revê-lo. Aproveitaria para discutir aquilo que o cunhado chamava de grandes problemas da humanidade. Sem querer julgar o pastor José, sentiu que ele iria sofrer para o resto da vida pela decisão que havia tomado, batendo-lhe a porta do Seminário em sua cara. Sentiu pena do pobre homem e decidiu que deixaria o tempo passar e depois o procuraria para refazer a amizade.

No dia seguinte, domingo, a pequena Igreja de Cabo Frio cochichava. Antes do culto, pequenos grupos se formavam e falavam do milagre. Os fiéis já sabiam da reunião da Diretoria da Igreja e da decisão de que a Igreja não reconheceria o milagre, pois a cidade passaria por grandes transtornos. Pastor Josué decidiu que o assunto não seria tratado do púlpito e orientou os Diáconos a não o discutirem em grupos de mais de três pessoas.

Para dificultar mais a situação, quando o culto havia se encerrado, apareceram algumas pessoas humildes querendo falar com o pastor Cândido. Entre elas havia uma mulher com o braço esquerdo mirrado que dizia que se o Pastor colocasse a mão no braço dela, ficaria boa. Daí a pouco chegou outra mulher trazendo o filho em uma cadeira de rodas.

XXIII

O belo Ígor tornou-se ovelha do rebanho do pastor Cândido. Ele se dedicara a recuperar os que se entregavam às drogas. Na temporada, passava a maior parte do tempo na praia e nos bares, aproximando-se dos que buscavam refúgio na droga. O corpo escultural e os longos cabelos exerciam sobre os jovens um poder maravilhoso que ele, sabiamente, os empregava a serviço do Senhor.

Quando sentia que um jovem queria livrar-se do vício, entregava-se de corpo e alma ao propósito de ajudá-lo. Por experiência própria, ele sabia que a cumplicidade era uma arma poderosa nessa luta. Assim como o Pastor fizera com ele, convidava o viciado a subir o morro, quando então se tornava cúmplice de seu sofrimento. No alto do morro, sentava-se de frente para o jovem, esperava que ele consumisse o baseado, estendia a mão, fazia-o ficar de pé e passava a mostrar-lhe a cidade de Cabo Frio. Soltava a mão a seguir e começava a rodopiar com os braços abertos. Às vezes, corria como se quisesse levantar voo. Os cabelos longos flutuavam ao sabor do vento, provocando efeitos maravilhosos sobre essas almas penadas que não sabiam por que sofriam.

"Irmão" -, dizia Ígor - "já tive essa necessidade de me drogar para sentir a sensação de liberdade. Recordo-me do prazer que sentia quando a fumaça penetrava no meu pulmão e saía pelo nariz. Só quem já passou por essa experiência é capaz de avaliar a sensação de liberdade que experimentamos. Contudo, era tudo tão rápido e tão efêmero. Logo que acabava, vinha o pior: a solidão. Sentia-me só. Os amigos estavam perto, mas eu me sentia sozinho. Foi difícil compreender que a minha alma que tanto reclamava de liberdade jamais a encontraria em um cigarro. Hoje, irmão, ainda busco esses momentos maravilhosos. Daqui de cima reconheço que somos como essas gaivotas: gostamos de voar. Para nós, a vida é um fardo muito pesado. É preciso trabalhar, estudar e ganhar dinheiro. Dizem-nos isso o tempo todo. Reclamam que não queremos enfrentar a vida, porém o Mestre, daqui do alto deste morro, mostrou-me que posso voar sem fazer uso da droga; que posso ouvir essas queixas todas sem deixar-me perturbar; que posso ser jovem sem ter que mostrar isso aos colegas. Aprendi uma forma particular de vida, irmão. Experimento todos os dias o prazer que busquei nas drogas sem fumar um só cigarro; sem penetrar nas veias uma só agulha. Sou feliz! Sou jovem! Amo esta cidade que me agasalhou no momento mais tumultuado de minha."

Depois de deixar escapulir essa enxurrada de palavras, Ígor permanecia olhando para a praia lá em baixo, aguardando uma resposta. Muitas vezes tivera que entregar seus largos ombros para que fossem molhados pelas lágrimas de um jovem que não encontrava forças para se livrar do vício.

Ígor, com vinte anos, crescera um pouco mais e se tornara um dos líderes dos jovens da Igreja. Era respeitado e amado. As irmãs sonhavam com ele e o cortejavam o tempo todo, contudo ele aprendera a administrar essa situação. Mostrava-se meigo com todas, sem assumir compromisso mais duradouro. Certo dia, ele teve esta conversa com o Pastor:

- Pastor, quero ser pastor! - Cândido assustou-se. Depois de alguns segundos, respondeu:

- Irmão, você acha que sou pastor pela minha vontade?

- Certamente, Pastor!

- Certamente não, Ígor. Nenhum pastor de nossa denominação se tornou pastor pela sua própria vontade. Um dia, fomos chamados.

- Mas o senhor gosta de ser pastor.

- Desde que me entendo por gente, quis ser pastor, porém tive que passar pela experiência de ser chamado. Você já passou por essa experiência, irmão?

- Não, mas quero ser pastor.

- Espere um pouco mais. Nosso Pai tem um plano pra sua vida. Que plano é esse, irmão?

- Não sei, mas quero ser pastor.

- Meu jovem, na Igreja temos irmãos doutores que fizeram o pastorado. São pastores, mas não exercem o pastorado. Se você não foi chamado, faça um curso universitário e mais tarde, para aumentar seus conhecimentos sobre as Escritura, faça o pastorado. Vá pra Universidade.

Ígor saiu aborrecido. Já havia conversado com a mãe e ela havia se mostrado feliz com a decisão. Quando ele tomou a decisão de falar com o pastor Cândido, achava que ele aprovaria, porém o que tinha recebido havia sido uma ducha de água fria.

À noite, antes de dormir, entregou-se aos pensamentos. Será que não tinha fé suficiente para ser um pastor? Será que no futuro se desviaria da Igreja? Embora o Pastor não tenha deixado transparecer claramente, ele havia percebido que o Pastor havia dado a impressão de que seu destino já estaria traçado e que não passaria pelo pastorado. Dormiu quando o sol começava a despontar.

Quando o Pastor curou o cego, Ígor já estava formado em Psicologia. Havia-se casado poucos meses antes do milagre. Ele ainda usava os cabelos compridos e cuidava do corpo escultural. Logo depois do milagre, quando já estava acertada a transferência do pastor Cândido para Vila Velha, eles tiveram a seguinte conversa:

- Pastor, vamos nos separar!

- Não é possível, irmão. Jamais nos separaremos. Vila Velha tem mais pobre do que Cabo Frio. Faremos um belo trabalho naquela cidade.

Ígor estava com vinte e oito anos. Administrava uma pequena agência de turismo montada pela mãe. O negócio ia muito bem. Para ele, a pequena agência era a porta de entrada para a cidade. Diante da situação constrangedora a que havia sido submetido o pastor Cândido, Ígor percebeu que seu tempo também havia se esgotado na pequena cidade de Cabo Frio. No fim de uma tarde ensolarada, depois de cavalgarem algumas pequenas ondas, Ígor fincou a prancha na areia e os dois sentaram-se olhando as ondas que quebravam a poucos metros da beira da praia.

- Tenho meus sonhos, Mestre.
- Que sonhos são esses, Ígor?
- Vou pra África, como missionário.
- Você nunca revelou essas ideias.
- É verdade, porém são antigas. Vinham sendo postergadas em razão do trabalho que fazemos na periferia.
- Mas a periferia vai continuar necessitando de obreiros, Ígor.
- A África me chama, Pastor. Deixe-me partir!
- Por que ir tão longe atrás da miséria se ela vive em nossos pés? E Cristina, concorda com essa decisão? Ela é filha única, você vai separá-la dos pais?
- Já está tudo certo, Pastor. Cristina também sonha com a África. Ela é uma cópia fiel da irmã Júlia, nasceram para o Senhor. Os pais também concordaram.
- E sua mãe?
- Chorou um pouco, porém entendeu que temos de seguir a vontade de nosso Pai. A Igreja lhe fará companhia.

XXIV

- Frederico, você disse que o filósofo acusou Paulo. Qual foi a acusação?

- De ter transformado o deus de um povo no deus dos deserdados do mundo. No deus dos decaídos; no deus dos fracos; no deus dos oprimidos, dos ladrões, das prostitutas e de toda espécie de gente.

Cândido estava estupefato. Levantou-se e foi à janela. Jamais imaginara tamanha acusação. Frederico esperava pela defesa. Ele sabia que o Pastor estava buscando argumentos para fazer a defesa. Quis instigá-lo, porém conteve-se.

- Esse homem era contra Deus?

- Ele reconhecia que nós necessitamos dos deuses.

- De que deus?

- Do que tenha compaixão e ódio. Do que seja capaz de amar e de odiar. "Um tal deus tem de poder ser útil e pernicioso, tem de poder ser amigo e inimigo - admirado no bom como no ruim."

- Ele queria um deus terrível.

- Queria um deus capaz de amar e de odiar.

- Depois do sacrifício na cruz, não precisamos pagar com a mesma moeda. Podemos ser tolerantes, perdoar e oferecer a outra face.

- Quantos serão capazes de fazer isso, Pastor? Você já conheceu alguém que tenha oferecido a outra face?

- O homem não oferece a outra face porque está no pecado.

- E estará sempre, Pastor.

- Preso nesta sala, você não conhecerá o homem, Frederico. Passe um tempo em Vila Velha. Vamos fazer o trabalho no mangue. Naquele lugar, verá que o mal é fruto do pecado.

- Não é necessário ir à miséria para comprovar a existência dessas forças, Pastor. O homem traz dentro de si essas forças contraditórias. Não devemos prometer o céu aos que conseguem algum sucesso sobre o mal e o inferno aos que sucumbem.

Olhando atentamente para a calva do Pastor, Frederico percebeu mais duas pequenas manchas que estavam se desenvolvendo do lado direito. Eram pequenas, porém daí a pouco estariam grandes. Certamente teriam que ser extirpadas, embora surgissem no lugar mais duas marcas da pele repuxada.

Depois que Frederico expôs suas ideias, Cândido levantou-se e recebeu de Carolina um copo de suco. Ela quis saber o motivo da risada. Ele contou a última parte do relato e perguntou o que ela achava.

- Se ele aproveitasse o tempo lendo a Bíblia, Pastor, certamente não diria tantas tolices. Não entendo a importância que você dá a essas conversas de Frederico. Ele passa o dia com esses livros na mão - colocou a bandeja na mesa e saiu reclamando do marido.

- Pastor, é preciso dar razão ao filósofo em certos aspectos. Veja a pergunta que ele nos fez: "De que serviria um deus que não conhecesse a ira, a vingança, a inveja, o escárnio e a violência?... Um tal deus ninguém entenderia."

Cândido colocou a mão na boca e depois a retirou. Sorveu o ar puro de Brasília e exclamou: "Clemência, amigo! Clemência! Preciso de tempo para pensar. Você tem razão, preciso conhecer o pensamento dele. Amanhã voltaremos ao assunto. Uma última pergunta. Só mais uma. Se quiser, pode respondê-la amanhã. Quantas pessoas conhecem essas ideias?

- Meia dúzia.
- Era realmente um sábio! Alcançou o que queria.
- Como assim, Pastor?
- Ele não se propôs a ser ouvido por pouco?

A irmã do pastor entrou e disparou alguns impropérios ao marido. Ela, apesar de apreciar essas discussões, mantinha-se sempre à distância, pois quase sempre perdia a paciência com os argumentos do marido e não entendia como o irmão gostava dessas discussões. Ela achava que o marido era um crente enrustido e que não revelava essa condição apenas para continuar lendo seus livros de filosofia e fumando o cachimbo. Ela achava que o marido não tinha compromisso com essas ideias estapafúrdias e que mantinha as discussões apenas pelo prazer de divergir. No dia seguinte, logo que se desembaraçou dos parentes, o Pastor retornou a discussão.

- Frederico, você saltou uma parte. Não entendi por que o filósofo acusava Paulo.

- Querido amigo, o que ele falou sobre Paulo já não tem valor algum. Os tempos são outros. Já não há o que se falar em deuses de povos ou mesmo de nações. Há dissensão entre as nações, porém os deuses não são mais conclamados a interferirem. Os homens estão ocupados com o dia a dia. Ali, temos um chefe de família que perdeu o emprego; acolá, um pai que o filho envolveu-se com as drogas; mais adiante, uma mulher amada que chora pelo amor perdido. Se Paulo é o responsável pela massificação da fé, creio que acertou, pois teve a visão dos tempos. Hoje, amigo, tudo está massificado. Os problemas são os mesmo em todo o mundo: drogas, correria atrás do sucesso, desemprego, desconfiança, aflição com o dia de amanhã.

O Pastor levantou-se e ficou olhando demoradamente para as bromélias que cresciam ao lado da piscina. Andou um pouco e foi até uma delas. Com o dedo mínimo, tocou o espinho da folha da planta. Pressionou com força até sair uma gota de sangue. Ficou olhando o líquido vermelho.

- Frederico, há dois mil anos o sangue de Cristo foi derramado na cruz. Dizer que aquele sangue corrompe o ser humano não está certo, amigo!

Frederico aproximou-se dele e lhe ofereceu um guardanapo de papel para que enxugasse o sangue. O Pastor recebeu e apertou a parte ferida com o guardanapo.

- O que o filósofo disse é que o Cristianismo é uma filosofia enfraquecedora, pois se coloca contra a vida quando prega que não devemos nos agarrar à própria vida. Esta é a vida que temos, Cândido! Por que então tratá-la com tanto desprezo? Por que estimular os homens a serem humildes quando o que necessitam é de estímulos para terem força para vencerem? O espírito, amigo, necessita de vitórias! A humildade não combina com um espírito altivo. Pode-se perfeitamente ter um espírito altivo e ser bom. Um não exclui o outro. Por que um determinado homem não deve desejar ser o melhor? Por que achar que esse desejo vai torná-lo arrogante? Todos os dias vemos pessoas que venceram e que mesmo assim não se tornaram arrogantes. A arrogância é um vício do caráter e independe de ser ou não vitorioso. Você mesmo deve conhecer muitas pessoas fracassadas arrogantes. A humildade é uma virtude, contudo apenas nos que são humildes por natureza. Não há razão alguma em querer que todos os homens sejam humildes. Pior ainda é pregar aos homens que baixem a cabeça a seus algozes. Dizer que isso é humildade e oferecer a vida eterna por terem andado de cabeça baixa, parece-me uma grande asneira, Pastor. Pior é desestimulá-las a conseguirem bens na terra com a desculpa de que não poderão levá-los para a vida eterna.

XXV

Segunda-feira, oito horas da manhã, o pastor Cândido colocou a cadeira na pequena varanda e ficou olhando demoradamente para o envelope de uma carta que tinha recebido de Frederico no dia anterior. Antes de deitar-se, lera a carta e grifara algumas frases. Depois de ajudar Júlia, foi pra varanda, pois desejava reler a carta. Abriu o envelope, porém ante de começar a leitura deixou o pensamento escorregar para Brasília. Certamente, Frederico estaria na churrasqueira, diante da piscina, deliciando-se com seus filósofos. Cândido fechou os olhos e viu o amigo fazendo pequenas anotações na margem do texto que estava lendo.

Nessas horas, quando Cândido sabia que ele e o amigo estavam entregues à leitura, esforçava-se para interferir no pensamento dele a fim de fazê-lo trocar os livros pela Bíblia. Sabia que algumas vezes tivera sucesso, pois o próprio Frederico confessara-lhe que em alguns momentos sentira uma vontade irresistível de trocar de livro. Na ânsia de interferir, antes de iniciar a leitura da carta, fez uma breve oração, pedindo que Deus interferisse, levando o amigo a optar pela Palavra.

Cândido levantou-se, andou alguns passos e retirou a carta do envelope. Leu a seguir: "Amigo, neste momento contemplo neste pequeno paraíso a Vontade de Potência expressar-se por todo lado. Ali, encostado ao muro, vejo o pequeno cupinzeiro prosperando. Minha luta contra esses pequeninos insetos tem sido infrutífera. No mês passado, com a enxada na mão, destruí a casa deles e coloquei uma boa quantidade de veneno, contudo, mais uma vez, o sucesso foi passageiro, neste momento mostram-se vitoriosos."

O Pastor achou graça e deixou escorregar um sorriso infantil. Conhecia o carinho que o amigo dedicava às plantas e o trabalho que tinha diariamente com os insetos que teimavam em se alimentar de suas belas plantas.

"Mais distante," continuou a leitura, "também encostado ao muro, vejo o pequeno pé de azaleia contorcer-se para frente em busca da luz do sol. Na minha santa ignorância, caro Pastor, querendo protegê-la da fúria do sol, plantei-a no lugar onde os raios solares passariam de raspão. Só agora, vendo o esforço que ela faz para banhar-se de sol, reconheço que esse meu excesso de zelo pelas plantas tem também seu lado cômico."

Cândido fez uma nova parada e deixou escapulir mais uma vez o sorriso que tanto encantava os irmãos. Continuou, então:

"Próximo à piscina, alguns pequenos pássaros comem o farelo de milho que esparramei sobre o gramado. Um deles, talvez o menor, escorraça os que estão mais próximo, querendo exercer o domínio sobre a comida. Veja, amigo: toda harmonia é aparente! Na realidade, tudo é luta! A mãe natureza não dá sossego aos filhos e, a todo momento, submete-os a sofrimentos para que se mantenham apegados à vida. O filósofo, ironizando os que acham que a natureza seja apenas a quietude, disse certa vez: "Vocês querem viver "conforme a natureza?" Ó nobres Estóicos, que palavras enganadoras! Imaginem um ser tal como a natureza, desmedidamente pródigo, indiferente além dos limites, sem intenção ou consideração, sem misericórdia ou justiça, fecundo, estéril e incerto ao mesmo tempo, imaginem a própria indiferença como poder – como poderiam viver conforme essa indiferença? Viver – isto não é precisamente querer ser diverso dessa natureza? Viver não é avaliar, preferir, ser injusto, ser limitado, querer ser diferente?"

Ontem, amigo, assistindo na televisão a uma tragédia provocada por um tufão que destruiu uma pequena cidade, meditei sobre essas palavras. O homem que tivesse o ânimo da natureza naquele exato momento seria um monstro, querido amigo. O tufão, ao passar pela pequena vila, foi destruindo os pobres casebres, matando os homens e os animais, deixando atrás de si um amontoado de escombros. Uma mulher grávida que se encontrava na rua foi arrastada juntamente com paus e pedras por mais de vinte metros. Não satisfeito com tanto terror, o vento jogou a pobre mulher em um bueiro e a seguir penetrou-lhe o ventre com um pedaço de madeira que havia sido arrancado de uma cerca.

Logo a seguir, depois que os ventos se foram, eis que o local experimentou o mais profundo silêncio. A natureza, como se não tivesse nada a ver com a destruição que havia provocado, experimentou o silêncio mais absoluto.

Como interpretar esse silêncio, amigo? Havia ali algum arrependimento pelo que tinha feito? Havia algum remorso? Por que tanta fúria contra os pequeninos seres que ali moravam e que não tinham como se defender? "

Cândido parou a leitura novamente e ficou pensando: "Poderia haver um homem igual a Frederico?" Esse homem recusava-se a acreditar na existência de um grande criador, contudo passava horas e horas pensando na vida. Para ele, Cândido, as preocupações e o interesse não iam além do ser humano, mormente dessas pobres criaturas que não tinham nada nesta vida, contudo, para o amigo, as preocupações iam muito além. Mostrava-se atento a tudo. Passava horas olhando as formigas, procurando entender a razão de toda aquela agitação. Algumas vezes ele atirava pequenas migalhas de alimento e acompanhava o esforço que elas faziam para transportar o alimento para o formigueiro. Certa vez ele disse ao Pastor: "Essas e outras pequenas criaturas foram esquecidas pela Igreja. Não há plano de salvação algum pra elas. Assim como os homens, elas lutam desesperadamente para continuarem carregando o fardo da vida e não alimentam o sonho de uma vida eterna quando então se veriam aliviadas da labuta diária. O que move essas pequenas criaturas, amigo? Um espírito ou apenas uma pequena chama que um dia se apagará? Se for um espírito, será que algum dia o Criador mandou seu filho para que, como formiga, experimentasse o sofrimento das formigas de modo a garantir-lhes a vida eterna?"

Cândido achou graça dessas palavras, contudo refletiu e percebeu que ele, realmente, pouco se preocupava com os outros seres vivos. Tudo que fazia era para salvar o homem. Só o grito sofrido do ser humano alcançava seus ouvidos. Ele sabia que muitas espécies estavam sendo dizimadas, contudo não se dispunha a pensar nas consequências desse extermínio. Às vezes via o amigo indignado com a fúria do homem sobre os animais, contudo ele, Cândido, jamais sentira qualquer tristeza, embora achasse cruel a matança dos animais. Júlia aproximou-se e lhe entregou um copo de refresco de cajá.

- Pastor, Frederico dá algum sinal de arrependimento?

Depois de sorver o líquido gelado, Cândido dobrou a carta e ficou olhando pra Júlia. A palavra arrependimento soou-lhe estranha. Olhando mansamente para ela, sentiu vontade de repreendê-la. "Será mesmo que esse homem deveria arrepender-se de alguma coisa? Haveria alguma atitude repreensível naquele homem?" Pensou antes de responder.

- Não, Júlia, mas Frederico estará conosco no paraíso!

- Mesmo sem passar pelo arrependimento?

- Creio que sim. Nosso amigo é um filho querido de nosso Pai.

- A entrada no paraíso passa pelo arrependimento, Pastor!

- É verdade, Júlia, contudo Deus tem seus segredos e quando escolhe alguém tem seus motivos. Há momentos que sinto que a linha que nos separa de Frederico é muito tênue. Sinto que os caminhos que trilhamos, embora distintos, nos levam ao mesmo lugar.

Júlia pegou o copo de volta e foi pra dentro da casa. Cândido abriu a carta e leu outro trecho: "Amigo, quero contar-lhe um segredo: o homem comum, esse que anda amontoado pelos ônibus e pelos trens, necessita acreditar que alguém zela por ele, caso contrário entrará em desespero. Se dependesse de mim, semearia Pastores pela terra. Só vocês, com essa promessa, conseguem dar um pouco de esperança a essas pessoas. Os filósofos, com seus discursos confusos, não os atingem e se os atingissem só aumentariam esse sofrimento. O que adianta ao homem comum o "Penso, logo existo!" Não há, para essas pobres pessoas, significado algum nessas palavras. Melhor é confortá-los com as promessas, mesmo que nos pareçam absurdas. A mãe natureza é a única responsável, pois nela tudo caminha para o ordinário; para o comum; para o banal. Ela sente desprezo pelo especial; pelo que se destaca; pelo que não se confunde."

Cândido parou a leitura e se entregou ao pensamento. Embora recusasse admitir que o cunhado estivesse certo, experimentava uma rápida desconfiança. Apesar de não ser um homem do pensamento, estimulado pelo amigo a pensar, concluía que realmente os homens especiais eram muito poucos. Qual seria a razão disso?

No dia seguinte, percebendo que o cunhado acordara alegre e brincalhão, refez a pergunta: "Amigo, por que há tão poucas pessoas especiais?" Frederico deixou escapulir um sorriso sarcástico e respondeu: "Pastor, a natureza está certa neste particular, aliás, certíssima. É impossível uma comunidade de homens sábios. Essas pessoas não se suportam! O homem raro, amigo, é intratável. Só se pode amá-lo à distância. O homem simples, como não é capaz de uma avaliação mais profunda do sentimento humano, consegue conviver melhor no rebanho. Ofendem-se mutuamente, brigam entre si, contudo, instintivamente, sentem a necessidade de se suportarem. Na realidade, Pastor, essas pessoas só são amadas muitos anos depois que partiram desta vida. O próprio filósofo, um homem especial e de pensamentos seletos, foi um solitário."

Cândido dobrou a carta e colocou-a no bolso da camisa. Ia entregar-se novamente aos pensamentos, contudo levantou-se para receber Ígor que tinha acabado de chegar.

- Pastor, passei apenas para vê-lo. Alguma novidade?

- Meu jovem, esta bela cidade me seduz. Este calor é sufocante, contudo o gosto do sal que se encontra no ar. Jamais esquecerei esta cidade, Ígor. Conseguiu ganhar aquela vida para o Senhor?

- Está difícil Pastor, contudo não vou desistir. Aquele jovem quer livrar-se das drogas e isso já é um bom início. Ontem, ele quebrou o braço do pai, um pobre homem que vive no desespero. A irmã Júlia falou-me que chegou carta de Frederico, alguma novidade?

- Aquele amigo apesar de dizer que é um homem da razão, é um homem do coração. Neste exato momento deve estar envolvido com os pássaros e com as plantas. Convive mais intimamente com essas criaturas, como ele as chama, do que com o próprio homem. Jamais o compreenderei, contudo sinto que é um dos nossos.

O Pastor entregou a carta ao jovem. Igor, apressadamente, pegou o envelope. Quando o abriu, o Pastor falou:

– Mais tarde você a lerá com calma, porém veja o que ele diz aqui: "Querido Pastor, o filósofo disse que dentro dele falavam muitas vozes. Também tenho a impressão que dentro de mim falam muitas vozes. Ouvindo os sussurros que vêm de dentro de mim, acho que são vozes, algumas delas desconhecidas e que me incitam a me rebelar contra essa aparente tranquilidade e contra essa certeza que cerca este mundo. São vozes que vêm do passado e que almejam por uma oportunidade de serem ouvidas. Ou foram caladas pela insensatez ou não tiveram a oportunidades de serem ouvidas. Uma dessas vozes clama bem alto: Existe um deus? Sim! Existe um deus! Outra responde na mesma intensidade: Não! Não há deuses! Não há deuses, nós os criamos e os matamos!" – O jovem interrompeu a leitura, contudo o Pastor fez sinal para que continuasse. "A quem ouvir, amigo? Tudo aqui nesta vida se nega. O ser e o não ser se confundem. De onde vem essa voz que clama pela certeza e pelo definitivo? E de onde vem essa voz que nega tudo?

— Como são confusas essas palavras, Pastor! Será que ele não percebe que a certeza está em Deus? Que só com Deus nos sentimos seguros e abrigados? Em mim, Pastor, só há uma voz.

O Pastor olhou com ternura para o rapaz. Esse jovem puro jamais seria capaz de entender as tantas vozes que o amigo tinha falado. Esse jovem nascera para crer. Quando viveu no vício, dali tirava as suas verdades. Na religião, esquecera aquelas verdades e a verdade passara a ser o que dizia a Palavra.

O Pastor pediu a Ígor que saltasse algumas linhas e lesse a parte grifada. O jovem o atendeu: "Querido Pastor, na sua última carta você me perguntou se tenho encontrado as pegadas de Deus nessas minhas andanças pela natureza. Tenho, amigo! Tenho encontrado essas pegadas por todo lado. Do mais próximo ao mais distante. Do que vejo aos meus pés e do que vejo no infinito. O ser que criou o Universo é onipresente, porque está em todo lugar. É onisciente, porque está ciente de tudo. É poderoso, porque tem poder sobre tudo. Mas é no pensamento do homem que essas pegadas são mais profundas, amigo. Chego a pensar que foram gravadas a ferro e fogo na mente humana. Em todos, sem exceção, jaz a marca do Criador. Alguns tentam manipular, contudo logo o recriam, quer na ciência, quer nas artes, quer na religião. E tão logo o recriam, logo se submetem. A nossa desavença amigo, é que você vê apenas o Deus do amor, embora o pinte vingativo e cruel com os incrédulos."

O jovem Ígor quis interromper a leitura, porém o Pastor o incentivou a continuar. "Ontem, pendurei na churrasqueira um recipiente de plástico com água açucarada. Daí a pouco um pequeno pássaro pousou na borda e começou a sugar na flor artificial a solução açucarada. Minutos depois chegou um beija-flor e expulsou o pequeno pássaro. Depois de sugar o líquido, o beija-flor voou para o pé de abacate. O pássaro retornou, contudo foi escorraçado novamente. Há pouco, quando estava lá fora, percebi que a disputa continuava. O delicado beija-flor, tão inofensivo para mim, tem-se mostrado tirano com o pobre pássaro. Quem ensinou esse pequeno animal a ser tão cruel assim? Certamente, amigo, ele traz dentro de si a inveja e o egoísmo, pois naquele recipiente há água para todos."

 O jovem Ígor leu mais alguns trechos da carta e depois a entregou ao Pastor. Conversaram um pouco mais e depois entraram para prepararem o material para ser distribuído em um trabalho de evangelização que iriam fazer em um bairro distante.

XXVI

Quando Frederico soube que o Pastor Cândido havia sido convidado a deixar a Igreja de Cabo Frio, ficou bastante irritado. Ele sabia da importância do trabalho que o santo homem estava desenvolvendo na periferia.

Frederico chegou a se preparar pra ir à Cabo Frio, só não o fez porque Carolina o dissuadiu. Na ânsia de ajudar o amigo, escreveu-lhe a seguinte carta: "Amigo, não se deixe abater! Lembre-se: os homens, mesmo os pastores, são tolos. Será que eles não percebem que os jovens dessa pequena Igreja são hoje mais profundos do que quando foram ao Seminário buscar um jovem de corpo escultural para conduzi-los? Será que não percebem que os drogados que procuram a cidade na temporada podem encontrar na Igreja um lenitivo? Será que não percebem que a pequena semente que foi plantada naquele bar hoje prospera com vigor? Será que não compreendem que o homem comum necessita de homens como você para conduzi-los nessa estrada acidentada que é a vida? Será que não entendem que homens como você e o Cristo, com seus sofrimentos, purificam o mundo? Como gostaria de puxar a orelha dessas pessoas!

Uma semana depois, Frederico recebeu a resposta da carta. O Pastor, embora estivesse triste, pois Júlia desejava ter o segundo filho em Cabo Frio, mostrava-se conformado. Achava que se havia excedido e que a punição era justa. Sem abordar diretamente o que havia acontecido na Praça, fez as seguintes considerações: "Frederico, seria uma presunção dizer que sou o único responsável pelo trabalho que fizemos na periferia. Foi uma obra coletiva. O terreno é fértil e a semente foi plantada lá no fundo da terra. A fé dos irmãos Paulo, Pedro, João e de tantos outros será a seiva de uma Igreja que será criada no bairro. A minha presença estimularia a veneração. O mundo não necessita de Santos, amigo!"

Quando Cândido completou trinta e cinco anos, Frederico foi a Vila Velha e constatou que o trabalho na periferia produzia bons frutos. Lembrou-se então de uma passagem bíblica que diz que se conhece a árvore pelos frutos. Ele então examinou os frutos que havia produzido nesses últimos anos em que passara entregue à filosofia e concluiu que não havia frutos, que não produzira nada de especial que tenha melhorado pelo menos um pouco o mundo. Entregara-se à leitura como um desesperado, mudara algumas vezes de filosofia, porém não criara nada.

Lembrou-se que certa vez tinha ido passar o fim de semana em Vila Velha e que, antes de começar o culto, o Pastor o havia chamado de lado e teria dito: "Amigo, veja aquele homem acariciando aquela criança. Ele era um assaltante perigoso. Quando bebia, maltratava a mulher e os filhos. Foi preso muitas vezes. Hoje, é um homem do bem. Veja aquela mulher de roupa rosa. A que se encontra ao lado do idoso. Ela era prostituta, fazia ponto na Rodoviária. Hoje, ela dá aulas na Escola Dominical. Veja aquele menino negro, vestido com a bata do coral. Ele era um trombadinha que não dava sossego aos pais e aos comerciantes do bairro. A irmã Júlia diz que ele é um tenor. Todas as tardes, ele vem para a Igreja estudar canto."

Frederico reconhecia que aquela árvore produzira bons frutos. O Pastor e Júlia, desde que acordavam, trabalhavam freneticamente pelo reino de Deus. Mesmo que esse reino fosse uma quimera, os frutos que produziam tinham o sabor agradável.

Na beira da piscina, Frederico pensava no amigo que se vira constrangido a abandonar seu rebanho. Como ele gostaria de interferir e jogar na cara da Igreja de Cabo Frio as conversões obtidas pelo jovem pastor.

XXVII

Frederico resolveu passar uns dias em Vila Velha. Ele queria conhecer o trabalho que o Pastor estava fazendo no mangue e se sentia disposto a acompanhá-lo. Carolina concordou que eles passassem quinze dias com o irmão, ela alimentava a esperança de que ele se convertesse.

Quarta-feira à noite, ele acompanhou o Pastor. Foram fazer uma visita a um casal que estava preste a se separar. Pegaram um ônibus e desceram uma hora depois. Caminharam mais quinze minutos por ruas estreitas e sem asfalto. Enquanto o Pastor conversava com o casal no quarto, Frederico tinha ficado na sala esperando. A casa era um barraco de alvenaria. Na sala, havia um sofá e uma televisão. Ele ficou assistindo à televisão.

Uma hora depois, quando retornavam por uma passagem escura, foram abordados por dois homens. Um estava com uma faca e outro com um revólver. Os ladrões mandaram que eles tirassem a roupa. Cândido reconheceu a voz de um deles.

- Irmão, você prometeu que ia deixar essa vida. – Foi um momento de espanto geral. Frederico sentiu medo. Ele percebeu que os homens estavam nervosos e que poderiam matá-los. O homem reconheceu o Pastor.

- Pastor, prometi, mas a filha do mano precisa fazer o tratamento. O senhor não devia andar por esses lugares, há muita gente drogada.

Frederico estava pasmo. O local era escuro e ele não conseguia ver o rosto dos homens. O Pastor havia-se colocado entre ele e os homens.

- Irmão, é preciso ter fé! Lá na Igreja há pessoas passando necessidade, mesmo assim levam uma vida digna. Enquanto você não aceitar o Cristo no coração, caminhará perdido por esses becos escuros com uma arma na mão. A fé salva, irmão!

- Minha filha precisa de remédio.

- Vou ajudá-lo, mas deixe essa arma. Você acredita em Deus?

- Acredito, mas ele só ajuda os que não precisam.

- Ele ajuda os necessitados, porém é preciso deixar o pecado. Deixem-nos ir embora e amanhã me procure na Igreja. – O outro homem falou:

- Pastor, não vamos assaltar o senhor, mas esse outro tem que entregar a carteira. A menina precisa do remédio.

Frederico sentia-se mais calmo. O local era escuro, porém era transitado por algumas pessoas. Um casal passou perto e percebeu que era um assalto, contudo seguiu em frente. Eles já estavam acostumados a essas cenas grotescas. Frederico meteu a mão no bolso, tirou a carteira e disse-lhe:

- Estou com pouco dinheiro, contudo pode levar.

- Quero a roupa também.

- Irmão, esse dinheiro não fará bem à sua filha. Posso ajudá-lo. Vamos à sua casa, sou um pastor protestante, posso ajudá-lo.

- Preciso do dinheiro, Pastor.

- Você precisa é da Palavra. Amanhã terá que assaltar novamente. Resolva seu problema de forma definitiva. Junte-se a nós. Somos pobres também, mas levamos uma vida decente.

- Jerônimo, o Pastor é um homem de bem. Ele pode nos ajudar.

- Mas eu preciso do dinheiro.

- Leve o dinheiro que Frederico está oferecendo. Amanhã me procure na Igreja. Joguem essas armas fora.

Frederico entregou o dinheiro que tinha e os homens desapareceram na escuridão. No ponto de ônibus, Frederico olhou para o semblante do Pastor. Estava tranquilo. Era como se não tivesse acontecido nada com eles.

- Pastor, é um perigo andar por esses lugares.

- Todo semana matam uma ou duas pessoas nessas passagens.

- Aquele outro homem é da Igreja?

- Deve ser o Antônio. Ele quer se converter, porém ainda tem muitas dúvidas. Quando ele sabe que alguém da Igreja foi assaltado, fica aborrecido. Ele pede aos colegas que não assaltem os membros da Igreja. Um dia, ele descobrirá que a salvação está em Cristo e então deixará de assaltar.

Quando chegaram, Frederico relatou o caso para Júlia. Ela achou graça. Quis saber quanto Frederico havia entregue ao ladrão. No dia seguinte, na parte da manhã, Antônio apareceu para se desculpar. O Pastor deu uma bronca nele, contudo deu o assunto por encerrado. Os três foram à casa do outro assaltante. Frederico havia comprado algumas frutas, um pacote de arroz e dois quilos de carne. Cândido brincou com ele, dizendo que o cunhado estava aprendendo a oferecer a outra face.

No dia seguinte, Frederico e o Pastor foram ao mangue. O lugar estava em alvoroço. Alguns homens diziam que eles seriam removidos para outra área. A maré estava baixa e o mau cheiro era insuportável. As crianças brincavam, tentando pegar os caranguejos que saiam das tocas. Frederico sentia náusea e revolta. O Pastor entrava nos barracos, conversava com as mulheres, procurando tranquilizá-las. Dois homens foram encontra-los.

- Pastor, os homens da Prefeitura deram o prazo de uma semana para abandonarmos os barracos. Depois virão com as máquinas.

- Eles vão levar vocês pra onde? – Perguntou Frederico.

- Pra lugar nenhum. Eles querem que a gente deixe os barracos. Estão dizendo que vão aterrar essa área para construir um parque.

- Pastor, temos que ir à Prefeitura para saber onde vão colocar essas pessoas.

- Mais tarde veremos isso, ajude aquela mulher.

Duas horas depois, estavam de volta. Frederico sentia-se angustiado. O Pastor mostrava-se calmo. Quando Júlia soube da remoção, ficou aflita. Ela sabia que não levariam as pessoas para outro local. Passado o prazo, eles chegariam com as máquinas e derrubariam os barracos, deixando-os na rua. Ela também já se acostumara a essa situação. Assim como o Pastor, ela estava mais preocupada com a vida eterna.

Segunda-feira, Frederico e o Pastor foram à Prefeitura. Falaram com algumas pessoas, mas ninguém sabia informar sobre a retirada das famílias do mangue. Cândido encontrou um irmão na fé. Explicou-lhe o que estava acontecendo.

- Pastor, vão desocupar aquela área.
- O que eles vão fazer naquele local?
- Nada, querem apenas tirar os invasores. Os jornais estão sempre publicando como essas pessoas estão vivendo no lixo. Há muitas mulheres e crianças catando caranguejo no mangue.
- Mas vão colocar as pessoas aonde? – Perguntou Frederico.
- Não há lugar pra colocá-las. Elas terão que ir atrás de outro lugar. É melhor que tirem logo tudo dos barracos. Se não tirarem, perderão tudo, pois as máquinas passarão por cima.
- Irmão, essas pessoas não têm pra onde irem.
- Eu sei, Pastor, mas a ordem será cumprida. Vão derrubar os barracos e eles perderão o pouco que têm.

- Você não pode fazer nada? – Perguntou Frederico para o homem.

- Não posso fazer nada.

- Vamos orar! – Disse o Pastor.

- Então você acha que Deus evitará a retirada.

- Não sei, Frederico. Os homens vão enfrentar a policia e certamente alguns morrerão.

- O que faremos, Pastor?

- Vamos retirar as mulheres e as crianças.

- Pastor, temos que organizá-los para enfrentarem a polícia. É preciso reagir.

- Amigo, eu sou a fé e a esperança!

- Então você acha que os policiais não virão?

- Eles virão amanhã, pela manhã. Aquele irmão que trabalha no órgão do Governo disse que ouviu falar que amanhã a área será desocupada.

- Não suportarei, vou reagir.

- Frederico, fui tolo em insistir que viesse. Se acontecer algo a você, serei responsável. Seu lugar é no seu escritório e sua companhia são os livros.

- Pastor, que ajuda é essa? Você está ajudando a preservar a injustiça.

- Fique aqui, eu e Júlia ajudaremos as mulheres e as crianças.

- Eles continuarão na miséria...

- O que posso fazer é ajuda-los. Peço-lhe: volte pra Brasília. Amanhã, aqui, haverá muito choro, muita tristeza e você se revoltará e aumentará nossa tristeza.

- O que posso fazer?

- Voltar pra Brasília. Volte pra seus livros.

- E você e Júlia, o que farão?

- Vamos reunir as mulheres e as crianças. Elas ficarão perdidas no meio de tanta confusão. Muitas crianças se perderão das mães. Temos que recolher essas crianças e depois teremos que encontrar as mães. Se você quiser nos ajudar nesse trabalho, fique.

À noite, Frederico não dormiu. O que fazer? Reagir? Se reagir, será preso ou morrerá. Se morrer, certamente a imprensa dará algum destaque, mas logo tudo será esquecido. O que fazer?

Sete horas da manhã, na casa do Pastor Cândido, o movimento já era grande. Três homens e cinco mulheres, entre elas Júlia, enchiam garrafas plásticas de água e colocavam no carro do Pastor. Cândido já estava com o rosto e os braços lambuzados de creme protetor solar. Oito horas, Cândido acordou Frederico.

- Sairemos a seguir. Fique aqui!

- Irei com vocês.

- Se for pra reagir, fique.

- Não vou reagir. Ajudarei no recolhimento das crianças.

Quando chegaram ao Mangue, a situação era muito tensa. Havia muitos soldados. Os líderes da favela não queriam deixar que as mulheres e as crianças saíssem dos barracos. Eles achavam que os barracos não seriam derrubados com as crianças dentro. O Pastor e Frederico falaram com o Comandante e pediram que desse uma semana de prazo. O Pastor disse que assumia o compromisso de convencer os líderes.

- Seu tempo é de uma hora! Depois começaremos a demolição – disse o Comandante.

O Pastor e Frederico entraram na favela para conversar com os líderes. As crianças choravam agarradas nas pernas das mães. Frederico fechava os olhos. Ele queria reagir, mas percebia que só pioraria a situação. Havia homens armado com facão e pedaços de pau.

- Irmãos, Cristo morreu pra nos salvar! Deixem-me levar as crianças e as mulheres. Nós cuidaremos delas. Venham conosco. Encontraremos outro lugar.

Nesse instante ouviu-se um tiro. Começou a corrida desesperada. Frederico pegou na mão do Pastor. Ele não queria sair do lugar. Queria tirar as crianças e as mulheres, mas a confusão era grande. Ouviu-se mais dois tiros. Um grupo de soldados com fuzis avançaram na direção em que estavam o Pastor e Frederico. Atrás do Pastor e de Frederico estavam uns cinco homens com facões e pedaço de pau.

- Pastor, estamos entre os dois grupos. Seremos atingidos. – O Pastor estava calmo. Havia começado a orar – Pastor, vão nos matar!

De repente o silêncio foi tomando conta do lugar. Mesmo as crianças e as mulheres pararam de chorar. Era como se esperassem pelo sacrifício do Pastor e de Frederico. O Comandante dos soldados, acompanhado de um Oficial de Justiça, gritou.

- O despejo foi suspenso, mas voltaremos e não ficará um só barraco nesta área.

O Pastor continuou calmo. Frederico tentou entender o que havia dito o Comandante. Os moradores do mangue começaram a vaiar os soldados e a retornarem para os barracos.

Cinco horas da tarde, o Pastor, Júlia e Frederico retornaram pra casa. Estavam exaustos, contudo sentiam-se satisfeitos com o desfecho. Nessa mesma noite, Frederico pegou o avião e voltou pra Brasília. No dia seguinte, nove horas da manhã, Frederico estava na beira da piscina, lendo seu filósofo preferido. Em Vila Velha, nesse mesmo horário, o Pastor e Júlia estavam no mangue ganhando vidas para o Senhor.

Raimundo Nonato Azevedo Araújo
araujornaaraujo@gmail.com

Made in the USA
Columbia, SC
18 March 2024